都市传奇 / 张欣经典长篇系列

张欣 著

为爱结婚

花城出版社
中国·广州

图书在版编目（CIP）数据

为爱结婚 / 张欣著. -- 广州：花城出版社，2024.4
（都市传奇：张欣经典长篇系列）
ISBN 978-7-5749-0116-2

Ⅰ. ①为… Ⅱ. ①张… Ⅲ. ①长篇小说－中国－当代 Ⅳ. ①I247.5

中国国家版本馆CIP数据核字(2023)第255937号

出 版 人：张 懿
责任编辑：周思仪　王子玮　邱奇豪
技术编辑：凌春梅
责任校对：张 旬
封面设计：L&C Studio

书　　名	为爱结婚 WEI AI JIEHUN
出版发行	花城出版社 （广州市环市东路水荫路11号）
经　　销	全国新华书店
印　　刷	深圳市福圣印刷有限公司 （深圳市龙华区龙华街道龙苑大道联华工业区）
开　　本	787毫米×1092毫米　32开
印　　张	3.875　1插页
字　　数	66,000字
版　　次	2024年4月第1版　2024年4月第1次印刷
定　　价	398.00元（全13部）

如发现印装质量问题，请直接与印刷厂联系调换。
购书热线：020－37604658　37602954
花城出版社网站：http://www.fcph.com.cn

所谓一对男女的幸与不幸,无非是他们是否幸免了不同类型的考验而已。

一

钱去心安。

这几天,这句话就像苍蝇叮着臭鸡蛋似的叮着陆弥,可是真的没说错呀,她现在就心安了,而且感到前所未有的踏实。她旁边走着她的男朋友胡子冲,子冲也是一脸的慷慨就义,面无表情地平视远方。

他们刚从某房产公司的售楼部出来,落了定金。落定不就是死么,一周之内,他们存折上的十万元便会作为首付资金流入房产公司的金钱海洋,悄无声息。

接下来的事情毫无悬念,结婚,开始供楼,像所有的准中产阶级一样,表面风光,背地里没完没了地算豆腐账。可是人生不都是这样吗?再花里胡哨也得归于平淡。想到这里,陆弥便不由自主地去拉子冲的手,子冲的手宽大而温暖,就仿佛有思想那样会意地握住陆弥的小手。陆弥又想,夫复何求。

她刚想说话,子冲却道:"你说这钱算什么东西?不花吧,也就是一个数字或者一张纸,可是一花又什么都没了,一点痕迹都没留下。"

陆弥笑道:"你还要多大动静的痕迹?一套五十八平方米的房子呢。"

子冲哼了一声。

陆弥忙道:"当然了,楼层不够高,朝向也不理想,不过……"

子冲扬起一只手臂搂住陆弥的肩膀:"咱们能不能不说房子了?整整三个月,我们看了多少房子?我饿了,想吃韩国烤肉。"

陆弥刚刚表现出来的一点温情马上烟消云散:"你以为你是李嘉诚的儿子啊?从今往后我们就要供楼了,不可能想吃什么就吃什么,我们去吃羊肉串好了。"

子冲撇了撇嘴。

他们最终进了一家拉面馆。陆弥什么都没说,津津有味地吃着,其实内心里的一番感言实在比拉面还要悠长、劲道。男人真是最没有长性的动物,开始看房的时候,子冲也算是意气风发,可是看着看着就不起劲了,他的理由是看了三百万的房子却要落实买三十万的房子,这不是有病嘛。陆弥的意思是既然都是看,普遍的看一下也算是兼容天下,总不能直奔经济房而去,这样人就会变得没有激情和活力了。

后来的情况便是陆弥做基础工作,找到了合适他们的房型,子冲才抽空过来看一下,决定行还是不行。所以整个事件中最累的是陆弥,直到他们最终选定这套兰亭公寓里的小户型,也是陆弥做了大量的鲜为人知的幕后工作,譬如她站在兰亭公寓漆黑的后院,只要见到和气些的中年妇女,马上跟人搭话,称人家是住在这里的前辈,同时声称自己马上就要搬来了,还是想彻底了解一下房产证以及小区管理等一系列问题。通常这些中年妇女也都是些话篓子,再说晚上也没多少事了,便能跟陆弥聊上一会儿，这样她便能拿到许多第一手资料。

兰亭公寓也仅仅是四幢款式相同的高层楼房，前两幢已经住满了人，现在推出的是第二期工程，也就是后两幢楼房。总之陆弥和子冲考证了好长时间，除了价格方面有些超标，但他们认为投资商品房不能再差了，所以决定铁肩挑重担，扛。

陆弥的长相属于清瘦而骨感，虽算不上是十二分的漂亮，但也眉清目秀，同时有一个讨喜的男孩子性格，十分的爽气。做事方面，她是一竿子插到底，不会拐弯。多少年后，当她的朋友提到她时，都会不由自主地感叹一句，真不知这种有来无往的风格是帮了她还是害了她。

吃拉面的时候，陆弥接到白拒的一个电话，叫她回去工作。

陆弥拿着手机不情愿道："现在？"

"对，现在。"白拒挂线了。

陆弥看了一下手表，现在是晚上七点四十分，是无数白领倦鸟知返终于可以解甲归家的时间，但她却要再次出发了。

白拒是一个孤身走我路的病态青年，当然同时还是一个摄影师，他自己有一个工作室，陆弥是他的摄影助理。通常他们两个人外出工作，看上去有些搞笑，陆弥抱大揽小地扛着器材，身后跟着一个睡不醒的小眯眼，空手晃啊晃的。

在满大街的芸芸众生都哭着喊着要张扬个性的今天，白拒看上去是一个毫无个性的人，他没脾气但也没什么笑脸，不爱女生但也不爱男生甚至自己，不惜香怜玉但也不压迫妇女，生活上不讲究但也绝不把自己搞得像美术学院的。只是很奇怪，他拍出来的照片却显现出一种大味之淡，还带一点似有若无的忧伤。以至于他的名气虽不是一路飘红但也算稳中有升，他现在什么都拍，包括人物、动物、广告产品、公益宣传，等等。

陆弥对子冲做了一个无可奈何的表情。

子冲道："没事，你去吧，我正好要到电脑城看看。"

"也可以去家具城看看呀。"

"讨厌。"

陆弥伸出手去把子冲整齐的头发呼撸乱，她喜欢这种心心相印的感觉。

子冲在外企公司当职员，作息时间反而是泾渭分明的，公司很少占用私人时间，除了联络感情方面有些夸张，比如主管过生日，办公室的人就得疯一晚，搞得彼此好像很有感情似的。陆弥说，你以为这叫企业文化？这是典型的矫揉造作。子冲说，你好，所有的时间眉毛胡子一把抓，那还不如虚伪一点呢。陆弥叹道，没办法，搞艺术嘛。子冲哐道，千万别跟我提这两个字，就你和那个麻秆白拒？真不知道是你们玷污了艺术还是艺术玷污了你们。

他们在拉面馆门口分了手。

陆弥和子冲是在一年前同居的，这对他们来说是一件非常严肃的事，两人好了以后，自觉对方便是命中的另一半，便相约在两个人的工资加起来有五千块钱的时候，就同时把自己的童男处女之身献出去以示庆祝。也许当时年轻加上眼界有限，深感五千块是个天文数字，不知得奋斗多久才能实现。结果不知是不是通胀的原因，也就十一个月的时间，加上子冲的年终分红，两个人的收入直破五千元大关。

所以在一个月黑风高的晚上，由于子冲的单身宿舍是公司包租的，陆弥便潜入其中，就在热烈亲吻之后准备进入实质性阶段的时候，陆弥突然叹了一口气，子冲忙问她怎么了？陆弥无不惋惜道，早知道把金额定到六千块就好了。

子冲突然就翻身下床，高低什么也做不下去了。陆弥拼命解释说我不是不情愿，我想死这一天了，我只是觉得我们的目标不够远大而已。

不解释还好，越解释子冲越生气，他厉声斥责陆弥，你怎么不把指标定到一万啊?! 你把我当成什么人了？陆弥知道自己说错了话，一个劲地赔不是赔小心还赔出一些肉麻的话，但是子冲根本不为所动，结果两个人背靠背地睡了一觉。

但不知为什么，从这以后陆弥就更爱子冲了，她觉得子冲不仅外表端正、干净，内心也十分健康，决不会为了自己的一点欲望就什么都不管不顾，同时还保留着那么一点点男人式的天真。陆弥有一个心理咨询师的朋友问她，你有没有违心地夸过你的男朋友？陆弥说我简直就是心甘情愿地发自肺腑地想夸他。

后来他们就很自然地同居了。

而他们现在供楼并且准备结婚也是很顺理成章的事。

陆弥走了以后，子冲便去了电脑城，后来回了宿舍，听了一会儿音乐又看了几页书，不知不觉便睡着了。然而这个晚上，陆弥一夜未归。

子冲却不担心，因为这也不算太稀奇的事，有段时间白拒工作室接拍了一本当代劳模风采纪念册，要求图文并茂，所谓图便是劳模们的近照。环卫工人，你得半夜四点在大马路上拍吧，鸡场、猪场的劳模你得等蛋多肉厚的时候拍吧，保不准什么时候他们才能露出带状态的笑容……

只是子冲曾经给陆弥打过一个电话，但是她关机了。

陆弥出走的这个晚上并没有发生什么意外，就像任何一次去工作一样，她跟着白拒来到了一个价格不菲的高尚小区，为一个三线的女演员拍照。

三线女演员本来还是有点观众缘的，但她不知死地跑到国外溜了一圈，终于把最后一点"码头"丢光。回到国内，她是找回了以前的自我感觉，得到的却是市场和观众的冷遇，幸好她的婚姻还不错，嫁了一个有所成就的音乐人，所以还算有钱也有人脉关系重整河山。

复出要有充足的准备，拍照自然也是全方位出击的一部分。

拍照并不是在女演员的别墅，而是在该小区会所的室内恒温游泳池畔，由于是女演员的包场，以至于整个游泳馆冷冷清清，而女演员的五个私人助理均围着她忙里忙外的。当然这一切并没有什么了不起，白拒和陆弥是见怪不怪的，可是这个女演员太不识相了，首先她觉得自己没镇住这两个摄影师，不仅没有拍案惊奇更没有瞪大双眼目不暇接，反而平静得有些冷漠，于是心中已有些许不喜。后来拍照的时候，她总是教导白拒这样拍或者那样拍，又叫陆弥这样打灯那样打灯，总之必须保证在任何时候都是她最美的四分之三脸的角度。

对此，白拒和陆弥心照不宣地忍着，尽可能地配合她。正如白拒和陆弥的共识，一线的女演员反而还好伺候，那我们也只好把耐心留给拿捏摆谱的末流角色吧。

然而，女演员的一个要求还是把白拒给惹火了，当时的游泳池里飘满艳粉色的玫瑰花瓣，女演员穿着葱绿色的雪纺长裙，不仅裸露着香肩，还若明若暗地显现出她高挑轻盈的身材，犹如出水芙蓉般美丽。可是她犯了一个错误，她要求陆弥和白拒都站到水里来为她拍照，她愿意为他们买游泳衣和游泳裤，而且她也觉得他们应该像她想象的那样敬业。

白拒沉下脸之后，便开始低头整理照相器材，然后头都不回地走了。

女演员大为光火，把所有的气都撒在陆弥头上，陆弥只管收拾灯具和三脚架等物，也匆匆地离开了游泳馆。

在回工作室的路上，两个人都没说话。

好长时间白拒才说："明天就把定金退给她。"

陆弥低声道："知道了。"

"你怎么了？"

"没怎么。"

"说嘛。"

"白拒，你知道吗？从今往后我需要钱供楼。"

"你买楼了？"

"对，今天下午付的定金，是兰亭公寓。"

"那儿的地段还不错，交通也便利。"

"就是说嘛。"

"供楼归供楼，工作室也要有自己的品位。"

"我懂。"

"你不懂，女人都是见利忘义的。"

白拒又是头都不回地走了。陆弥心想可不是嘛，自己当初就是因为仰慕白拒的个性才下决心跟他一起工作的，可是现在她又有点受不了他那种连钱的面子都不看的酷。

人怎么那么容易向钱低头呢？陆弥暗自感慨，事情如果放在从前，火冒三丈干不下去的肯定是她，今晚她却什么都忍了，简直就像个粗使丫头似的，要不是白拒收拾东西走人，没准她就真的下水了，也难怪白拒骂她见利忘义。

其实这时候也才晚上十点半,陆弥正准备回到子冲那里去,这时她的手机响了。

是妈妈打来的电话,叫她回一趟家。陆弥说好吧,明天我就跟子冲一块回去。陆弥的妈妈沉吟了片刻说,你还是自己先回来一下吧。

陆弥回到家,见到客厅里坐着爸、妈,还有嫂子熊静文和哥哥嫂子的女儿陆蓓蓓,他们齐齐地望着她,脸色却是灰暗的。陆弥不知道发生了什么事,正待开口,母亲已经使眼色叫她到里屋去。

进了里屋母亲就开始掉眼泪,她说:"弥儿,你哥他住院了。"

陆弥问生了什么病?母亲说:"开始他只是不舒服,发低烧,我们也没有太当回事,结果这些天做了全面检查,想不到他竟然患了严重的肾病,而且病情发展得快,有一个肾已经完全不工作了……"

陆弥顿时傻了。半晌,她站起来说:"我现在就到医院去。"

"你现在去有什么用?医生说了,唯一的办法是换肾,而且还有一个最佳时机的问题,过了这一段,你哥的体力就撑不住这么大的手术了……你知道这个手术要花好多钱,光是换肾就要三十万,还有肾源呢,都是钱……"母亲叹了一口气。

陆弥没有说话,她也只有十万块钱,其中一半还是子冲的。

母亲终于停止了掉眼泪,她严肃地望着陆弥,说:"你哥和静文就没什么积蓄,我和你爸都是工人我们能有几个钱?基本上你哥娶媳妇的时候都花了,现在拿出棺材本不到六万块钱……所以弥儿,你有多少钱都要拿出来救你哥。"

这话真是像针一样扎在陆弥的心上。

夜里,陆弥睡在自己原先的小房间里,自她走后,蓓蓓便住在这间房。晚上猜到她不走了,蓓蓓便跟静文去睡大床了。

躺在床上,陆弥的脑子里一片空白,她首先没想到的是,灾难在向她瞄准的时候她怎么一点察觉都没有?其次,这件事她该怎么向子冲开口?说,我们不买房了,那十万块钱必须要拿出来救我哥?

为什么刚才母亲的话会刺痛陆弥?这其中是有特殊原因的。陆弥的父母亲都是客家人,客家人本质上都有些重男轻女,表现在陆家就甚之又甚。可以说在陆家无论有任何举措都是围着儿子陆征团团转,这几乎成了天经地义的事。小的时候,家里的生活不富裕,就是有一个鸡蛋也是给陆征吃,陆弥所以搞成一个男孩子性格也是因为从小捡哥哥的旧衣服穿,在家什么活儿都得干,竟然打煤饼时爸妈都不让陆征帮她,那时她头发剪得短短的在贫民区疯跑,谁都当她是一个男孩子。

高中毕业的时候,母亲给她联系了制袜厂,母亲说,我们家是供不起两个大学生的，你哥哥肯定要读书，你要跟我和你爸一样挣钱养家供你哥读书。

这件事根本是毫无争议地定下来了，可惜的是陆征连考了两年都没有考上大学，反而是陆弥轻而易举地考上了一所名校，但即便是这样，陆弥的父母还是不想让她上大学，他们说上大学太花钱了，而他们累死累活就是想攒钱买一间凉茶铺，至少可以保证陆征将来聊以为生。这个决定太伤害陆弥了，她跑到外面去一天没回家，当时她能想到的报复父母的唯一办法是她要去当妓女，自毁形象让父母亲一生尽失脸面。

到头来陆弥所以能上成大学，还是因为陆征据理力争。陆征和陆弥的关系其实还是非常好的，陆征说家里有一个大学生太重要了，你们不要鼠目寸光。他的无私和宽厚让父母觉得他完美到无以复加，相比之下陆弥就显得太不懂事了。尽管这件事的结果还是陆弥上了大学而陆征去了制袜厂当工人。

人的一生有时就像赶路，一程拉下了程程赶不上似的。对别人来说，学历仿佛并不影响前程，也有不少人发了财，可是陆征后面的路也还是不顺。

不能说陆征没有与时俱进，他后来也因为厂里的效益不好而离开了工厂，在改革开放的大潮中，他也搏击风浪，由于有父母的纵容，他也与人合伙开过饭馆，饭馆开死了以后他又与人合伙开洗衣店，后来又与人承包果园，开了一辆极破的敞篷吉普车，不时地像将军检阅军队一样地检阅他的荔枝树和芒果树,你真不能说他没尽心尽力,可是所有这些努力最终还是归为零。

陆征的父母从来没对他失望过,他们总是说,投资失败是很正常的事,所以说成功者才是少数人。陆弥劝哥哥不要随便轻信干什么都能发财的蛊惑,她的话受到了父母严厉的驳斥。

陆征的个人问题更是搞得惊天动地,那段时间家里就像婚介所一样热闹,走了小方来了小李,走了燕燕来了玲玲,有时是陆征看不上人家,有时又是人家没相中陆征,好不容易定下来幼儿园的老师熊静文,家里又开始刷房、装修、做家具,直到能迎娶新人在酒店足足摆了二十桌。

可是陆弥带子冲回家见父母,他们的热情就大打折扣,还嫌子冲提来的东西不够体面,也没有留他吃饭。

所以说,陆弥其实早已经习惯了这种不平等,她那么热衷于早早地进入供楼阶段,内心深处大概也是希望营造一个真正属于自己的家。

而现在,这个愿望即将破灭。

陆弥几乎是瞪着眼睛迎来了天明。

第二天下班的时候,子冲在办公楼的外面见到等他下班的陆弥。

子冲说道:"我们去哪儿?"

陆弥道:"去吃烤肉吧。"

子冲有点假惺惺地道:"何必呢?太破费了吧。"

陆弥没说话,心想什么破费不破费的,反正大头保不住了,小钱再不花,活着不是太没意思了吗?

在烤肉馆坐下之后,陆弥要了一份子冲爱吃的那种烤肉,另外有些奢侈地点了一份红烧牛尾,这种牛尾是用红枣、板栗和松子烹烧出来的,实在是香气逼人,当然价格方面也就不那么实惠,陆弥还要了一壶清酒,香气再次逼人。

子冲笑道:"咱们明天是不是就不过了。"

陆弥叹了口气,举起白瓷的小酒杯,两个人的杯子碰了一下,子冲却没有喝,子冲又道:"你还是跟我说发生了什么事吧,要不然这顿饭我也吃不好。"

于是,陆弥便把昨晚回家的事和盘告诉子冲。

应该说,子冲还是一个比较有素质的年轻人,他既没有图穷而匕首见地说,我们俩的钱凭什么你一个人支配?!或者说,陆弥你不要幼稚,十万块钱是救不了你哥的,干脆我们就打定主意不变口地说我们没钱。甚至直说干脆我们提前交了首期房款算了,这样天下太平别人也别打我们的主意。

总之他并没有说出那些不仁不义的话,而他在关键时候所表现出来的从容还是让陆弥颇为心动的,但是他还是说了一句不咸不淡的话让陆弥不大好受。

子冲苦笑道:"陆弥,不是我说话刻薄,假如这次得病的是你,估计就只有等死这一条路了。"他自然清楚陆弥在家里所处的位置。

陆弥不快道:"你这不是在我的伤口上撒盐吗?"

子冲道:"咱们说话就回到解放前,真正是无产阶级了,难道还不许我埋怨一句吗?"他开始喝酒吃菜,神情黯淡甚是失落。

陆弥心想,虽然这是一句让人心寒的话,但是子冲说得没错。

吃完了晚饭,两个人都还不想回到住处去,因为他们心里都很清楚,上缴了存折,他们就没钱了,没钱自然供不了楼,没房子那还结什么婚啊?!自打决定买房之后,他们便感到子冲的宿舍简陋得不能再坚持下去了,所以也不像以往那么勤于收拾,越发显得临时而零乱,现在看来他们是一时半会儿都搬不走了。兰亭公寓的定金五千块钱如果不找熟人去讨,肯定也是当塌定处理的。

所以他们心照不宣地耽搁在外面,再说夜晚总是好的,多少可以抚慰一下常常被烦恼所累的躁动的心。

他们一不做,二不休,找了一个平时舍不得进的高级酒吧间,要了两杯鸡尾酒"黑骑士",据说这种酒是可以帮助舒缓郁闷的,每杯六十块钱,子冲连眼都不眨。陆弥知道,他的心里真的是有无名火,问题是又说不出口。

不过话又说回来,尽管陆弥的心里被这件事搅得不好受,但是难受之中也不是没有一点点欣慰,那就是每当在关键的时刻，子冲都没有令她失望。因为她曾听无数的人说过，爱情这个东西是不能考验的，如果要考验也是屡试屡败，所谓一对男女的幸与不幸，无非是他们是否幸免了不同类型的考验而已。

而子冲在钱的问题上还是比较洒脱的。

若干天之后，陆弥也只有把存折送到母亲手里，拿出存折的瞬间，她的眼泪不听话地流了下来。母亲不快道："这钱是拿来救你哥的，并不是我要花你的钱，你也不至于心疼成这个样子！"

陆弥不吭气，她怕自己一开口便会哭出声来。她很想对母亲说，既然你这么轻贱我，又何必把我生下来呢？陆弥想起她十五岁的时候，由于母亲的忽视，对她的一切不闻不问，她竟然不知道女孩子是会来月经的，所以第一次见到短裤上有血，吓得她把短裤也一同扔在马桶里冲掉了。陆弥真想质问母亲，你可曾关心过我呢？你怎么就不问问我结婚要不要用钱呢？或者还怎么结婚呢？

上大学的时候，陆弥在知识的天空中自由地呼吸，任意地飞翔，她觉得时代的变迁实在是太神奇了，近代史才多少年？却被伟人和人民推动着大踏步地前进，世界发生了天翻地覆的变化。可是她放假一回到家，便仿佛回到了封建社会，她父母亲的那种根深蒂固的重男轻女的思想天经地义地笼罩着她，一切的一切都是停滞并且千古不变的。

回到住处，子冲看出了她的不快。

子冲道："钱算什么东西？钱是王八蛋。为钱生气是最不值得的。"

陆弥一听这话，更是泪如雨下。

二

望着面色苍白、一脸无助的哥哥躺在病床上，陆弥的心里很不好受，不仅是为哥哥，也是想到昨晚自己为了钱哭得那么伤肝动肺，实在是羞愧难当。

因为哥哥陆征实在是一个好哥哥，但凡这普天下的人，就没有谁是宠不坏的，一宠便是毛病百生，可是陆征这个人偏偏宠不坏，他对人总是那么好，对陆弥就更加的好。小时候在父母那儿得了好吃的总是偷偷给陆弥留一份，陆弥躲在大床后面吃酥饼，差点没噎得背过气去。那时候两个人一块去上小学，陆征有吃油条喝豆浆的早餐费，陆弥的钱就只够买一个馒头，陆弥为了租武侠书看，只好不吃饭，饿着肚子把钱省下来。陆征见状便和陆弥一块吃馒头，省下钱让陆弥看书，而他自己不爱看书，尤其是武侠书。

长大之后的事就不用说了，陆征总是格外的疼陆弥，就连嫁到陆家来的熊静文都有些看不过眼，所以她跟陆弥的交往从一开始就隔着一层什么，客气归客气，确是生分得很，这一点陆弥心里很清楚。

认识陆征的人都说，他除了不精明发不了财之外，什么都好，从头到脚都是优点。

子冲曾经不以为然道，在这个世界上做好人有什么用？现在说谁是好人真不知是夸还是骂，一个男人做什么不成什么，我看好也有限。

为了这句话，陆弥跟子冲吵了一架。

在医院里的陆弥自然没有提钱的事，她除了对陆征说了一些励志的话之后，便是故作轻松地说现在的医学发展也是突飞猛进的，相信哥哥的手术一定会成功，云云。走的时候还抓住哥哥的手使劲握了握，算是传递一种亲情和信心。

回到工作室上班，白拒见到陆弥便说，女演员那个音乐家老公已经给他打了若干电话，诚心诚意的检讨，还是希望他们能为女演员拍照，因为虽有小小的不愉快，但是他和女演员还是很喜欢他们的影相风格的。总之，白拒的意思是如果不是为了陆弥供楼，他一定会断然拒绝这件事，不是因为他气量小，而是自然的创作氛围被打破了，彼此都会变得拘谨，拍出来的东西也就可想而知。

陆弥看了白拒一眼道："那你还是断然拒绝吧。"

白拒不解地翻了个白眼。

于是陆弥告诉他哥哥生病，以及她也不可能再供楼的事。

紧接着，陆弥叹道："也就是一晚上，生活就改变了它的轨迹。"

白拒想了想，回道："那就更得给女演员拍照了，她给的钱多，而且以后你还不知道要在你哥身上花多少钱呢。"

"这么严重？"

"你以为你拿出了全部积蓄就没事了？我告诉你，我妈生病的时候我也这么想，她得的是肺癌，我和我爸花完了家里最后一分钱，还欠了一身的债，我妈算是放过我们过了身，可我和我爸到现在还在还债……当然他已经觉得生活了无生趣了，而我呢，我在很年轻的时候就改变了无忧无虑的人生观。"

陆弥没有说话，但是她多少有些了解了白拒为什么是这样一种怪僻的性格，他忧郁、封闭、情绪化。

他从来不交女朋友，据他自己说，从前也交过一个半个的，但是那些女生跟他熟一点以后一定会说，我对你的感情是认真的，你也一定要对我负责。白拒不解，白拒说你应该自己对自己负责，为什么要让我负责？白拒说他有负责恐惧症，在这个世界上他最怕的就是"负责"这两个字，因为它过于沉重。这样一来，又有哪个好女孩会把一片芳心交给这个梳着马尾辫的搞艺术的年轻人呢？

陆弥的心一点一点沉重起来，但她还是说："可是我跟我哥的感情实在是很好哇。"

白拒的脸上划过一撇惨淡的微笑："你当然没有做错，我也无怨无悔，可是这种事真的会把人拖垮，这只是一个事实而已。"

陆弥一时无话可说。

下午的事情做完以后,陆弥便独自一人去了六榕寺,这个寺庙在市内,却也被苍松翠柏包围着,显现出一种特有的宁静。陆弥进了寺庙,便是为哥哥烧香祈福,希望他能跨过这个人生的险关。

想不到的是,在寺庙里,陆弥看到了自己的母亲,母亲正在双手合十地闭目许愿,想必她也是为哥哥的病而来。不知为什么,陆弥竟然没有走上前去惊动母亲,想着她们会不期而遇地到同一个地方来做同一件事,实在也是母女连心,心心相印的,可是,她们之间的情感之城却又是那样的单薄,单薄到如同陌路。

在全家人有钱出钱有力出力的倾心努力下,陆征终于做了肾移植手术,但非常不幸的是这次手术失败了,由于陆征在术后出现了严重的排斥反应,而新植入体内的肾脏根本不工作,几天后呈现出严重的坏死现象,便只好从体内取出。经过了这场大手术,可以说陆征也是元气大伤。

这时的陆家已经是一筹莫展,如果陆征不再治疗、透析的话,病情就会恶化得很快,危及生命。但是继续治疗,钱便是一个极大的问题。

在亲朋好友那里已经借过一轮钱了,当时人家知道这是救急,多少都会拿出来一些,现在又开口借钱,实在有些张不开嘴，退一步说，即使开得了口，人家不愿再借了你也无话可说。

这样维持了一段时间，不仅陆弥本人是终日眉头深锁，她的家里更是一片愁云惨雾。

陆弥对白拒说，她已经快崩溃了。自从听了白拒悲凉的生命体验，陆弥便更愿意跟他探讨家有病人的绝望。她不是不愿意跟子冲说，而是因为子冲身体健硕，同时也没有类似的经历，他总是说，我们已经拿出了全部的积蓄，我不知道我还能做什么？

你就不能听我念叨一下嘛？陆弥说。

你念叨的频率有多密你自己根本意识不到，再说念叨能治好肾病吗？子冲说。

所以有时陆弥只能跟白拒说得多一点，而白拒则像一块巨大的吸音壁，他无言，沉默，但是他理解。

就在陆弥觉得自己已经撑不下去的时候，事情出现了令人意想不到的转机。

一天，陆弥正在为一本新拍的纪念册做文案，要知道陆弥是一个能够妙笔生花的人，她的文字另类、险峻，却又能在冷漠中显现真情。这时她接到一个电话，电话里的声音十分陌生，是一个男人："喂，请问是陆弥吗？"

"对，你是哪位？"

那边迟疑了一下才说："你可能都不记得我了，我是祝延风。"

陆弥的脑袋里出现了片刻的空白，但她马上想起来祝延风是她高中时的同学，因为在学校时，他还是一个蛮帅的男孩。

陆弥忙道："我当然记得你，而且前段时间不记得听谁说的，说你这两年发了。"

"发什么发，"延风的声音还是那么低调，他说："陆弥你最近有空吗？我想找你聊聊……"

陆弥想都没想便道："过一段时间再说吧，我现在没什么心情。"

延风坚持道："就是没有什么心情才要聊一聊呢。"

陆弥一时愣住了，可以说是糊里糊涂地答应了他。

当天晚上，陆弥便去了祝延风约她去的酒家，酒家叫作鸿喜会馆，装修布置得极为精雅，不光桌椅是花梨木的，厅内还设有观鱼池，一尾尾的名贵锦鲤在水中悠闲自得地游来游去，池内的荷花绽放。地板是大青石铺就，一盏盏的宫灯放出温文而柔顺的光线。总之所有的陈设既不张扬，更没有挥之不去的商业气息，让人的心一下子能够静下来。

菜牌是竖版的线装书，陆弥打开，只见一盘凉拌黄瓜也要三十八元，不觉倒吸一口冷气，当然她还是故作镇定地点了几个最便宜的菜。

祝延风笑道："你不是说我发了吗？干吗还给我省。"说完他低声地跟穿黑制服的领班换了几样菜。

多年不见，陆弥觉得祝延风成熟了许多，虽然看上去还是那么英武、俊朗，但同时又拥有了一些少年成事之后的自信和稳健。他现在有自己的旗舰公司，另有十一家子公司遍布全国几个重要的城市，要说他发财并不出奇，但是他年纪轻轻，并无背景便能坐拥这样巨大的财富也算是不多见的。

祝延风显然是成功人士，成功人士的特点是字字金言，说话绝不兜圈子。

祝延风道："陆弥，我听说你哥哥病了。"

陆弥没有说话，眼圈顿时红了。

祝延风道："我愿意帮助你哥哥，不就是治疗费和手术费吗？"

陆弥一时愣住了，她简直不相信自己的耳朵："这，这怎么可能？"

祝延风道："当然不可能，谁都知道没有免费的午餐，而我也是有条件的。"

"什么条件？"这话几乎是脱口而出的，因为此时的陆弥仿佛是久居孤岛的人望见了天边的一片白帆。

祝延风神情严肃地说道："陆弥，我希望你能嫁给我。"

陆弥木木地看着祝延风，她简直就不知道他在说什么。

"我知道你会很吃惊的，"祝延风道，"但其实也没什么可吃惊的，老实跟你说吧，我在高中的时候就一直暗恋你……"

陆弥一下笑了起来，她说："祝延风，说这种话不管别人信不信，恐怕就连你自己也不信吧……我在高中的时候，那跟男孩子有什么区别，而你跟孙霁柔是班里公认的金童玉女，你跟她手拉手唱的《敖包相会》还是我们班参加全校汇演的保留节目呢。"

陆弥说的一点没错，当年班里的孙霁柔，不光学习好，人也长得漂亮，一双大眼睛水汪汪的像是会说话，她小小年纪，一点也不叽喳，不声不响的是个人见人爱的古典美人。

当时的祝延风是班长，孙霁柔是学习委员，有一次陆弥看见孙霁柔微低着头向祝延风汇报班里的男同学不完成作业的事，好像还哭了鼻子，祝延风一个劲地安慰她。陆弥心想，如果要跟孙霁柔比起来，自己简直就不是个女孩儿了。

祝延风叹了口气道："我知道大伙都觉得我跟孙霁柔在一起最般配，而且孙霁柔的确也喜欢我，为了我，她至今都还没找男朋友。可我也不知道自己到底是怎么回事，我就是觉得你像磁石一样吸引着我。"

"我有什么可吸引你的？"陆弥都不知道说什么好了。

"别的女孩都不爱打篮球，只有你跟着我们男生一块在球场上跑，自己当中锋，还把前锋和后卫指挥得团团转；班里到山上去郊游，女同学没人敢走杂草丛生的山路，你就拿着一根木棍走在前面打草惊蛇；你从来也不哭，不管是自己的事还是同学的事全能搞掂，上至想方设法搞到影星歌星的签名，下至爬到树上去给孙霁柔摘白兰花……反正我就是觉得你像我心中的一道阳光，我一见到你就感到既轻松又快活。"

"就算是这么回事，那你为什么不跟我说呢？就算上学的时候不敢说，高中毕业的时候为什么也不说？"

"高中毕业的时候我是想跟你说，结果你考上了一所名校，而我却名落孙山，你说我还怎么说啊……"祝延风又道，"不但不能说，我连见你都见不到了，那段时间我出面组织了好几次同学聚会，每次你都答应来，可是你每次都没来……有同学跟我说风凉话，说你考上了名牌大学，哪还会把同学们放在眼里啊。"

陆弥一时无话，心里别提多冤枉了，只有天知道那段时间由于她父母亲不想让她上大学，以至于学费的事毫无着落，那时候她都起了当妓的心，哪还有什么心情参加情意绵绵的同学会啊？！

就在这个当口，他们点的菜陆陆续续上桌了，每样菜都做得非常精致，分别被盛在象牙白的磁盘里，红是红绿是绿，看着像工艺品，吃起来却是滋味万千，只可惜量有些过分的少了。祝延风解释说，这是有意让客人感到意犹未尽，不至于因为好吃而吃多了伤了脾胃，也是饮食业新兴的一种文化。

吃了一会儿菜，陆弥道："祝延风，刚才听你说了那么多，我心里也还是挺感动的，有些小时候做的坏事，连我自己都忘了,你却连细节都还记得……可是每个人都有自己的生活道路,而我现在已经有男朋友……"

"我知道你有男朋友,你的男朋友叫胡子冲,我还知道你们感情很好,都准备结婚了。"

"既然你都知道了,干吗还跟我说前面的那些话?依照我的观点,有些话不说出来反而是一世的精华,说出来倒成糟粕和垃圾了。"

祝延风道:"我说出来自有我的道理,陆弥,如果你的哥哥没有生病,我也只能眼睁睁地看着你跟别人结婚而保持沉默,可是现在我的机会不是来了吗?胡子冲没有钱帮你哥哥治病,可是我有,我可以承担你哥哥所需要的全部费用。"

"那你这不是乘人之危吗?"

"这怎么是乘人之危呢?我既没有强迫你,也没有威胁和加害于你,我只是说出我的实力,让你多一个选择罢了。在当今这个时代,即便是谈感情也是讲究实力的,那种所谓纯而又纯的爱情无非是水中月镜中花,不过是人们精神上的麻醉品而已。"

说这番话的时候,祝延风显得气定神闲,他的这种小超人的气势,让陆弥感到很不舒服。陆弥心想,你说的话没错,一句也没错。可是你忘记了一个最常识的道理,那就是我不爱你,我跟你在一起没感觉,我不可能选择一辈子跟你绑在一块过日子。而胡子冲是我情感生活的全部,我跟他在一起吵架都是有滋有味的。

祝延风仿佛看穿了陆弥的所思所想，他依旧平静道："我这个人其实有很多的优点，时间长了你一定会喜欢我的。"

陆弥再一次笑了起来："你怎么跟政客拉选票似的？"

"有时候婚姻本身就是一次竞选，我还会拉更多的选票。"祝延风异常认真地对陆弥说，还略显自得地笑了笑。

晚上陆弥回到住处，本想把这件事当作笑话讲给子冲听，但子冲在公司加班没回来，她也只好暂且不表，并没把这件事放在心上。

星期四的下午，陆弥到医院去陪陆征做一个特殊性的检查，据说由于费用方面的问题，全院的病人每周只集中做一次。果然一划价，这一个检查便是一千二百多块钱，陆弥当时就傻了。

陆弥几乎是欲哭无泪地回到病房，却见到母亲和嫂子一脸喜色地在跟哥哥说着什么，自从哥哥生病以来，还从没见她们有过这样的神情。

见到陆弥，母亲少有的笑盈盈地走了过来，对陆弥道："我们到外面走走吧。"

陆弥不得要领地跟着母亲来到住院楼外面的回廊处，母亲第一句话便道："弥儿啊，真想不到你还成了咱们家的救星呢。"

陆弥心道，我现在愁得脸都是绿的，只觉得自己是个扫帚星，哪还敢想什么好事？

母亲于是向陆弥道出了原委。

原来那个祝延风跟陆弥吃饭时说的事，并不是说说而已，在这之后，他便开始了巨大而热烈地追求攻势，他先是派人到陆弥家正式提亲，然后又叫他的助理到医院付清了陆征全部的欠资，不仅如此，还押上了一笔数目可观的预付款。

这还不算，祝延风还亲自出面请陆弥之外的她的全家人，在本市最贵的一家餐馆吃了一顿正宗潮菜。结账的时候，父亲要了一条中华烟，母亲要了三斤最好的，也是陆征最爱吃的加州葡萄。听到这里，陆弥恨不得地上有个缝儿自己也一头钻进去，她想，看来祝延风真的是开始拉选票了，可是自己的父母亲明明知道她是有男朋友的，却表现得如此差强人意，这让她觉得非常的没面子，尤其是母亲一个劲儿地夸祝延风体面，不仅相貌体面，出手也体面。

陆弥从小就不敢顶撞母亲，但这时也有点急了，"妈，你也不想想，这事万一让子冲知道了，他还不得气死？！"

"他气什么？你们不是还没结婚嘛。"

"可是我们肯定是要结婚的啊。"

"那不一定。"

"妈，你这是什么意思？"

"弥儿，妈并不是一个见钱眼开的人，当初你把子冲带回家,看到你那么喜欢他,我也没说什么……可是现在情况不一样了,你哥得了这么重的病,而且这病若是有钱是一定能治好的,但是子冲有能力帮助我们吗?"

陆弥的脑袋嗡了一声,她真没想到母亲会这么说话,一时不知作何对应。

母亲继续说道:"所以,弥儿,我和你爸昨晚商量过了,我们希望你搬回家住,同时答应跟祝延风结婚。"

陆弥沉下脸道:"那子冲怎么办?"

"好女孩多得很,你又不欠他什么。"

"我是不会跟子冲分开的。"

"祝延风哪点不好?论相貌、才华、经济实力,他哪一点比不过胡子冲?!"

"可是我不喜欢祝延风,结婚是一辈子的事。"

母亲突然火了,厉声训斥陆弥:"难道你就看着你哥去死吗?你哥现在都这样了,你还在考虑你的幸福,我们全家人省吃俭用供你上了大学,你能回报给我们的就是自私对不对?你说话啊?!"

陆弥哑口无言,同时脑子里也像打翻了一盆浆糊,她想,她就是因为上了大学,才明白了人是有尊严的,人性的一切合理的需求必须受到尊重,任何情况下的对自己的出卖和交换都是无知和愚昧的表现,所有的这些道理就是她在大学里学到的。而母亲对她的要求与农村落后地区的换亲又有什么不同呢?

这天晚上,熊静文来找陆弥,以往她们虽是姑嫂,但走得并不是那么近，所以像今晚这样单独约在咖啡厅说话，几乎是没有过的现象。

熊静文是学幼儿师范出身，这使她说话的声音、语气、语感都有点像哄小朋友似的，她对陆弥说："陆弥，我知道你跟子冲的感情很深，而你们的结合也是真正意义上的爱情的选择，这相对于社会上那些只懂得拜金的女孩子，她们是根本没法和你比的。可是现在你哥他的情况实在是太严峻了，先不说你哥他对你怎么样，这点我想你最清楚，就说你们是砸了骨头连着筋的血亲这一条，你说你能看着他不管吗？"

陆弥坐在静文的对面，她微低着头，两手下意识地转动着盛橘子水的杯子，由于静文的话语温柔而有力量，陆弥的神态便也不自主地像做错事的孩子。

静文又道："你知道吗陆弥，如果你能舍弃自己的幸福去救你哥哥，同样是一段佳话，而且一点都不比爱情的佳话逊色，你说是吗？"

陆弥抬起头来，可是她简直不敢看静文的眼睛，那里面是满满的渴望、祈求、希冀和哀伤……陆弥非常担心静文会一不留神便跪在她的面前，那么她保不准自己会答应她什么。而另一方面，她又觉得无论是母亲还是静文，她们对她都是冷酷而无情的，她甚至用歹毒来形容她们，无论她们用什么样的态度对待她，她心里就是这么固执地认为。

因为她们心里只有哥哥，在她年轻的记忆里，她记不清母亲和嫂子为她做过什么,她们当然不是对她不好或者刻薄她,可是她们对她的忽视实在是令她难以释怀。

或者换一种方式说,即便是她愿意为哥哥做出这种牺牲,那也应该由她自己做出决定。她强调心甘情愿这四个字,所以她们越是逼她,她的心就越硬越冷。

陆弥不记得自己是怎么离开咖啡厅回到住处的。

进屋之后,她才发现子冲并没有回来,屋里显得异常的冷清,陆弥走到窗口望着无边的夜色,她想,为什么在大学懂得的那些心悦诚服的人生道理,可以说这些道理帮助她形成了世界观,但其结果是只要一面对生活,这些钢筋水泥一般的观念便像冰块融进了水里。

不要说为爱结婚了,就是她为爱坚持一点什么那也是大逆不道的。

再说难听一点,如果她愿意为哥哥陪葬,相信母亲也会答应。这个世界果然进化了吗?真正进入网络、登月、电子一体化时代了吗?

这时胡子冲回来了。

陆弥从沙发上站起来,只觉得有一腔的话却又不知从何说起:"你今天又加班吗?"

"没有,"子冲神色黯淡道:"你爸爸到公司来找我了……"

"他……他跟你怎么说的?"

"直说呗,要把你嫁给祝延风……还说是你们全家讨论了三天三夜的决定。"

"那你是怎么回答他的?"

"我不同意,我说因为我爱陆弥。"

陆弥的眼泪就像听到命令一样唰地一下流了出来,子冲并不知道陆弥为什么哭,他继续说道:"我不知道你是怎么想的,反正我觉得我们推迟结婚,拿出了全部的积蓄,已经尽力了,但如果你愿意嫁给祝延风救你哥我表示理解,因为我自己没有能力,可是如果全家一块逼你,我认为不公平……"

陆弥本来想说,我就是这么想的。但是她止不住自己的伤心,根本没办法开口,她知道那样会酿成失声痛哭。

她是从骨子里不能放弃子冲,因为他们共着一副心肝,每每他说出来的注定是她最想听到的那句话。对于一个自小缺爱的女孩来说,这便是她愿意并且会死死抓住的东西,同时,这也是陆弥拥有的全部。

祝延风是一个正人君子,他在得知陆弥不愿意放弃爱情的信息之后,便停止了他的强有力的追求攻势。他给陆弥打电话说,我尊重你的决定,但你可以随时改变决定,因为只要你不结婚对我来说就是希望。

在这之后他便不再骚扰陆弥了。

然而正是祝延风的介入,致使陆家风波骤起。

凡是住过医院的人都知道,只要你的钱变成了医疗费,它便像水一样哗哗地流去。陆征当然也不例外,祝延风为他预付的押金更是一江春水向东流，见底之后，他的医疗单出现警示的红灯，电脑自动卡住了所有的治疗用药，陆家又开始东拼西凑地把钱送到医院去。

陆征本来是一个星期做三次透析，后来改为两次，再后来改为两个星期三次，总之临近做透析的那天，由于毒素在体内的堆积，他感到格外的不适，甚至可以说是痛苦不堪，他的身体出现酸中毒的症状。陆征常常能闻到自己身上散发出来的尿骚味，他觉得自己就像猪尿泡一样变得毫无做人的尊严。

他变得更加沉默寡言，有时又乱发脾气。

陆家并没有把祝延风的事告诉陆征，不仅没有，而且当着他的面，家里的人无论是来探望、送饭或者轮番做护理工作，都显得平静和谐。

但只要离开医院，父母就开始骂陆弥心眼歹毒，看到亲哥哥这么惨都不动心，熊静文也对陆弥彻底失望了，她说陆弥是一颗罪恶的种子，你就是用鲜血去浇灌它，也不可能开出善良的花朵。

其实陆弥看到哥哥的治疗受阻，第二次手术又遥遥无期，心里怎么能不着急呢？可是这是病啊，病是天灾，谁都没有妙手回春的本事，怎么能把责任都推到她头上呢？再说她也去问过医生，医生说钱当然是个很大的问题，但是光有钱也不能说百分之百解决问题，上次的肾源就不合用，这是没办法的事，你现在就是交到我手上几百万，我也不敢打保票你哥就有救了。

可是陆家不管这些，对于陆征的父母和老婆来说，他们不可能这么理性地想问题，他们就是觉得在这生死存亡的时刻陆弥没有挺身而出，他们所不能原谅她的也是这一点。

当然在陆征面前，他们尽可能地保持着一团和气，他们觉得让陆征看到陆弥的丑恶嘴脸无疑是对病人最大的打击和伤害。母亲总是对陆征说一些宽心的话，她说你不用想钱的事，我有钱。

陆征叹道，你会有什么钱？我知道家里早就一贫如洗了。

我当然有钱，陆征的母亲说，我年轻的时候也跟弥儿一样很招男人喜欢，他们还送给我金项链呢。

我敢担保那时候你连金项链都没见过。陆征语气坚定地说。

母亲拍了拍陆征，笑着说瞧你这孩子。

有一天，陆弥来看陆征，陆征突然说：“小妹，你什么时候跟子冲结婚？”

陆弥当时愣了一下，而后淡然笑笑：“哥，你怎么突然想起问这个来了？”

陆征道：“这两次子冲来看我，我都觉得他心情好像有些郁闷，以往他不是这样的，他是个既单纯又快乐的人……我知道肯定是我生病影响了你们，妈肯定跟你们要钱了吧？……”

"哥你别说了，你哪里会影响我们……子冲是为升职的事不快乐。"

"子冲又不是官迷,他要是不快乐只会是因为感情,像他这么至情至性的人我还很少见到,小妹啊,你可要珍惜你们的缘分。"

陆弥不免有些无奈地说:"可是你不觉得很相称的人常常是没有缘分的吗?"

陆征没有马上说话,他看了陆弥一眼,然后望着远方说:"要是能看到你们结婚,我也就放心了。"

这天的晚上,陆弥有些动摇了,她想,即便是让哥哥能够保证每周做三次透析,她都应该嫁给祝延风啊。

尽管她一句话也没说,而且睡觉时是背对着子冲的,但子冲仍然在她的身后说道:"陆弥,你不要太为难,我向你保证,无论你做出任何选择我都能理解你,而且我会平静地接受。"

通常在这种时候,都是陆弥哭倒在子冲怀里,可是这一回陆弥显得异常冷静,她说道:"我的全部痛苦就在于我没法选择,其实我并不介意用漫长的一生守着一个我不爱的人,而是因为,如果让我眼睁睁地放弃一个我爱的人,那跟放弃我哥哥又有什么区别呢?"

这一回,是子冲压倒在陆弥的身上,他紧紧地抱住她,陆弥感觉到他的脸上湿湿的。

三

出事的时候陆弥正在工作现场,当时她和白拒在为一个饶有名气的少年作家拍工作照片，这男孩子瘦小得有些病态，头发染成黄色并且参差不齐有点像鸡毛掸子，据说他的超人气致使许多成年作家看着他背着双背带书包来签名售书，不知该不屑还是苦笑。

少年作家自己单独住在一套大大的房子里，房间里的布置不需细说，他人也不是怪癖得不能交流，只是他说："你们怎么拍我都可以，就是不要拍脸。"

不知道他为什么对自己的脸这么没有信心，其实他也不丑，只是眼睛细小相貌平平而已。

陆弥说："不拍脸那拍哪儿啊？而且不拍脸那怎么拍呀？"

少年作家说："不拍脸有什么不能拍的？难道逆光的照片，背影的照片都不是照片吗？"

陆弥说："那也要看是什么用途啊，这照片是杂志社出面叫我们来拍的，万一人家挑不出几张能用的，那我们怎么交待?!"

白拒也站在客厅里，可他一直不说话，只是布光，找机位，对镜头什么的。

就在少年作家和陆弥争执不下的当口，白拒突然对少年作家说道："你去换一件白衣服。"

少年作家像得到指令的机器人，转身到里屋去了。

白拒对陆弥说："你跟一个神经病有什么好争的，该怎么拍就怎么拍，就说没拍他的脸，他知道吗？照片登出来，他咬我们啊?!"

陆弥醒过神来，笑道："白拒你也太损了。"

白拒道："谁都知道作家就是神经病，何况这种小毛贼，又是写奇幻小说的……你跟他争，他傻你也傻啊?!"说完白拒还白了陆弥一眼。

陆弥被骂得很舒服。

不一会儿，少年作家穿着白衣服出来了。白拒给他拍照，并对他说不用看着镜头，随便看哪儿都行，反正也不拍你的脸。小毛贼特别高兴，便很配合白拒，白拒让他怎么样他就怎么样，所以拍照的过程异常的顺利。

有时候陆弥还是挺喜欢白拒的，她觉得他活得很透彻。

拍完照片以后，少年作家要请白拒和陆弥吃饭，白拒说我们可不吃麦当劳。少年作家说当然不吃麦当劳，我们去吃海陆空火锅吧。

正在这个时候，陆弥的手机响了。

是子冲打来的，他的声音有些奇怪，又有一点颤抖，他说："陆弥你马上到医院来。"说完就挂断了电话。

白拒问陆弥："出什么事了？"

陆弥说："不知道，子冲叫我马上到医院去一趟。"

于是他们正好可以恰如其分地婉拒少年作家的盛情邀请，他们不可能吃一个孩子的饭，不管有事没事都不能吃，用白拒的话说是没兴趣陪他玩。走出少年作家居住的小区，他们两个人便分头上了两辆出租车。白拒带着全部的机器和工具回了工作室，陆弥自然是直奔医院而去。

医院仍和往常一样，门诊部云集着众多来看病的人以及送他们来的亲友，与集市不同的是常常撞见一脸病容的人被搀扶着，还有人干脆是被架、被抬进来的，其喧嚷之声难免不让人心烦意乱。

住院部大楼里又是另一番景象，到处是身穿病号服的人，医生护士通常都是匆匆疾走。陆弥走进泌尿科的走廊，远远看见陆征病房的门外立起了一道白色的屏风，有许多穿白大褂的人出出进进的。一时间，陆弥有一种不好的预感，她知道出事了，尽管她还不知道是什么事，但大脑已经开始空白，同时两耳失聪般地死寂，所有的喧嚷之声仿佛瞬间消失，甚至眼前无声的画面也变成了黑白色。

她的心一直在往下沉，无边的恐惧猝不及防地向她袭来。

陆征死了。他服了过量的安眠药，这些安眠药的来源可能是他每天积累下来的，因为自他患病开始睡眠就一直不好，便要求医生给他开了辅助睡眠的药，也可能是他趁护士不在的时候在配药间拿的，还可能是他到医院门口的健民大药房买的。总之对于一个想死的人来说，这实在不是什么天大的难题。

陆征看上去平静而安详，他并没有留下遗书，就像他没留下任何遗产一样。

医务人员正在抢救的是陆征的母亲，她在见到儿子的几秒钟后便昏死过去，人事不知，医务人员赶紧把她抬到陆征旁边的床上急救。

陆弥看见父亲、静文和蓓蓓都立在哥哥的床边，他们的脸上是被雷击过之后的木然。子冲悄悄告诉陆弥，他是因为上午办公事的时候就在医院附近，加之别人又送了他一个果篮，便决定借花献佛来看看陆征，没想到反而是他第一个知道消息的，并且也是他一一通知了家人。

护士说，昨晚陆征睡前并没有任何异常的表现，还跟隔壁病房的慢性病病人杀了两盘象棋，又在护士站跟值班护士闲聊了几句。到了睡觉时间，他也像其他病人一样上床睡觉了，谁也不知道他昨晚什么时间服的药，等早上发现时他已经没有生命体征了。

陆弥也没办法面对这个现实，尽管她知道哥哥是因为不堪忍受病痛的折磨，同时也迫于经济压力，才这么一走了之的。

现在好了，她自己站到了良心的被告席上。

更令她难以相信的是，短短的两个月间，母亲的头发全部白了，父亲的头发不仅白了，还又聋又哑，极少开口说话。每次陆弥回到家中都没人理睬她，静文不跟她说话是早在陆征没过世之前，现在就更不会跟她说话了。

陆弥觉得自己有一种被齐根斩断的感觉，在她失去哥哥的时候，同时也失去了家庭，她的父母和家人已经把她抛弃了。

尽管如此,陆弥还是硬着头皮坚持回家,她像一个罪孽深重的人渴望宽恕一样渴望家里人的谅解,哪怕他们痛骂她她也愿意全盘接受。可是有的时候挨骂是一种待遇,不是随时都可以享受到的。陆弥羡慕那些因为灾难而变得团结一心的家庭,但她却没有得到家人的谅解。每次回到被愁云惨雾笼罩的家,她就有一种喘不上气来的感觉,加上亲人冷若冰霜充满仇恨的脸,致使陆弥更加自责了。

又过了一个多月,陆弥突然对子冲说:"我们结婚吧。"

子冲说:"我们没有钱,怎么结啊?"

陆弥平静地说:"有什么不能结的,就在这间屋里结。"

子冲迟疑地问道:"你爸爸妈妈肯跟我们一块吃顿饭吗?"

陆弥说道:"不用,我们自己吃顿饭就行了。"

子冲说:"陆弥你没事吧?"

陆弥说:"我没事。"

其实这时候陆弥的想法十分简单,她就是想有一个自己的家,她完全不能接受目前孤家寡人的处境。

于是他们选了一天到街道办事处做了登记。

同去登记的其他人纷纷送给办事员红皮鸡蛋和喜糖,而他们虽说不至于像来办理离婚的,但由于没有一点兴高采烈之色而令人生疑。

子冲就是这点好,其实子冲知道这种时候不应该结婚，但是他看见陆弥太痛苦了，他希望能减轻一些她身上无形的担子。再说人可以为了结婚而结婚，也可以为了排解郁闷而结婚，更可以把结婚当作一剂药，吞下去。

这天下午，陆弥和子冲都请了假没去上班，他们在超市买了红酒、水果、食物的半成品等，另外还在路边的花店买了一束玫瑰。回到家中，现在是家了，以前也只能称作住处或者宿舍。一切都没有改变，改变的只是两个人的心境——他们彼此正式拥有了对方，这是一种挺奇怪的感觉，在茫茫的人海中，你们彼此选中了，于是真正的生活拉开了它的序幕，以前的日子无论发生过什么都是可以忽略不计的。

他们两个人一块动手做了一个水果沙律，用电磁锅煎了牛排，再把面包、黄油和红酒摊开，桌上就显得很丰盛了。

陆弥点着一支浅紫色的香烛，那是她过生日时闺中女友送的，闺中女友说，你什么时候才能更像一个女孩子呢？要知道女人味是我们战无不胜的武器。然而她送给陆弥的这一类充满女性魅力的东西，陆弥放在柜子里从来没用过。但是今晚的陆弥不仅点着了香烛，还穿上了绣花的睡裙，更让子冲大感意外的是陆弥还喷了一点点毒药香水。

烛光中的陆弥异常的美丽，包括她略显苍白的脸，她失神的眼睛。

子冲甚至不相信眼前的陆弥是那个一身短打并且扛

着照相器材满街跑的人。

在端起酒杯的片刻间,陆弥的眼睛里充满了泪水,但她语气坚定地说道:"子冲你一定要对我好,你要一辈子对我好。"

子冲应承道:"我肯定对你好,我不对你好对谁好?"

陆弥的眼泪还是流了下来,她说:"子冲你一定要原谅我,因为我是真心地觉得对不起我哥哥,让他这么仓促地走了……"

子冲说:"我理解,这一点都不难理解……你是不是想说你应该嫁给祝延风的,你现在后悔了,如果你嫁给祝延风,家里就不会出这么大的事……甚至为了让陆征多活几天,仅仅是有质量的几天,你都应该嫁给祝延风……陆弥,这有什么难理解的,人同此心,心同此理。其实请求原谅的应该是我,因为我没有能力帮你,所以感到很惭愧。"

这时候子冲的眼圈也红了。

事实上,自从陆征过世以来,陆弥还没好好地伤心一回,也许是她还年轻,一时半会还无法接受这种突然降临的痛苦;又因为家人的不原谅,淤积在她心头的伤感便没办法发泄出来。所以在这个晚上,经子冲这么一说,她的眼泪便止不住地流了大半夜。

有一天,陆弥在街上意外地碰到一个过去的同学,当时她们两人在同一间面包店里自选面包,直到两个夹子碰到一块去了，才发现对方是谁。同学说陆弥，真想不到你也成了买面包的小女人了。陆弥笑道，没办法，我现在沦为别人的贱妻，不买早餐又能干什么？

正好闲来无事，两个人便找了一家贴心小店去吃刨冰。

同学先是聊自己，接着自然又聊起其他同学，这时她突然说道："陆弥，你还记得祝延风吗？"

陆弥愣了一下道："当然记得。"

同学有些兴奋地说道："他上个礼拜跟孙霁柔结婚了，你简直就不知道他们有多么登对，看上去真是一对璧人。而且祝延风现在不是有钱了嘛，婚礼办得特风光，在半岛酒店包席，整整三层楼的餐厅，每桌都有鱼翅和鲍鱼，把我们全给吃傻了……唉，对了，你怎么没去呀？"

"他也没请我呀……"

"哦，那他可能是忘了，我看他也是真忙，在婚礼上还一个劲儿地接手提电话。"

陆弥没再说话，低头挑刨冰里的红豆吃。

她们又聊了好一会儿才分手，在回家的路上，陆弥也说不清自己是什么心情，她想，或许每个人都有自己的生命轨迹，这是命运早已安排好的，你除了不可改变地走下去，还能有其他的什么结果呢？

生活似乎又恢复了原有的平静，但是对于有些人来说，那种刻骨铭心的记忆不可能不在自身留下痕迹。

至少在陆弥身上就发生了微妙的变化，其中最重要的一点是她觉得其实钱这个东西并没有她想象的那么坏，她承认从前有点轻视钱的作用，因为她年轻，她觉得随心所欲很重要，为了一些名牌之类的东西让钱牵着鼻子走很令她不齿。现在她却不这么认为了，她不仅明白了钱可以改变哥哥的命运，而且还可以令她不这么负疚地活着，甚至让亲情不那么远离她——她想起当时全家人劝她嫁给祝延风的时候与她贴心贴肺的亲近，那种久违的东西是何等的让她迷恋。

正如吃刨冰时她的同学说的，她说，我的男朋友一直不肯跟我结婚，我也知道他时不时就脚踩两只船，情人节的时候居然给我发一个短信要跟我分手。陆弥忍不住问，那你怎么办呢？同学说，有什么怎么办的，人算不如天算，结果是他妈妈得了急病，在这么紧急的情况下，我毅然拍出五万块钱来，很简单，我们结婚了。

陆弥觉得自己的思想拨乱反正以后，便去找白拒谈。

陆弥说："我们应该改变工作室的风格。"

白拒问道："怎么改变？"

陆弥说："我们应该拍一些流氓小报和无聊杂志需要的东西，这样就可以多卖一些钱。"

白拒说："可那是狗仔队干的事。"

陆弥说："那不管，这普天下的事都是靠实力说话，我们是卖照片，别人放什么屁？"

白拒叹道："这个城市缺的恐怕不是多一个或者少一

个狗仔。"

陆弥不屑道:"那就更不缺我们这样的小作坊……什么为了艺术,白拒我们都不要骗自己了,是那个三流演员是艺术还是那个少年写手是艺术?我们这么不死不活的还不是因为放不下架子,我看还是先统一思想吧:在外面拼命干活,然后把钱拿回家。"

"这种妥协是不是太彻底了?"

"你打算什么时候还完家里的欠款?你让你的变态心理发展下去什么时候才能交到女朋友?"

"说得对,就这么干。"

他们紧紧地握住对方的手。

陆弥说,知道一个著名的男歌星的生日聚会将在哪个地下酒吧举行,到时候他便装出行,说不定神秘女友还会现身。这个男歌星凭借自己的声音磁性而撩人,特别地抗拒宣传,或许这也是他所在唱片公司的攻略,总之他跟媒体交恶多年,以不配合甚至对骂著称,而且他的保镖个个喜欢又推又搡地动粗,大打出手也不是多么稀罕的事,所以他的照片价格才会扶摇直上。

白拒说道:"连你都知道的消息,估计全城的狗仔队员都在枕戈待旦。"

不过那天晚上,他们还是去了,陆弥极有先见之明地扛着一架铝合金的梯子,他们等到半夜两点,很多狗仔队员都扛不住困顿和辛苦消失在茫茫的夜色中。而直到最后一刻,男歌星也没在酒吧的门口出现,他可能是从一个秘密的通道进去的，但由于白拒和陆弥带了梯子，于是只有他们爬到高高的玻璃窗上拍到了独家的照片。

第一笔钱拿到手以后，他们便有点一发不可收拾。除了正规的工作之外，他们想方设法把自己边缘化，几乎是连续作案。

他们在对方不知情的情况下，偷拍或者说诱拍了三陪女的工作和生活；还拍了一个电视台的金牌女主持如何在香港与某位富商进行性交易，总之这一类的照片市场走向很好。白拒担心的精神上的自责很快就在真金白银给人带来的愉悦中消失殆尽。

每个人有了钱，首选几乎都是买房子。陆弥和子冲当然也不例外，他们买的房子还是兰亭公寓，不过早已不是他们原来看上的那套，不仅那套早已经卖出去了，而且整个二期的楼盘全部售完。现在开始卖的是三期工程，同样是现楼，他们不假思索地买了一套两房一厅，手续也办得十分顺利。

陆弥心想，那句话真没说错，是你的就是你的，当年是错过了兰亭公寓，但兰亭公寓还是在这里等她；而陆征走了，也就永远地走了。

搬进新房子以后，陆弥觉得子冲并没有她想象的那么兴奋。

子冲说道："是的，我是有点高兴不起来……我怎么觉得我跟傍大款似的,而且陆弥,你怎么成了大款了?"

陆弥道:"我算什么大款,区区一个首期。"

"可是我还是觉得有点不对劲儿,你们工作室的生意从来也没有这么好过啊。"

"那我们就不能经营有方啦?"

子冲不再说话,但他感到一种前所未有的压力,那就是陆弥不仅为他牺牲了一个哥哥,现在又在外面奋力地拼杀,使他们对兰亭公寓失而复得。而他自己呢?仍然在一个小职员的位置上,朝九晚五,原地踏步。

正是由于这种变化,他便不可避免地变得小心翼翼起来。以前的嬉笑怒骂皆成趣的生活仿佛是一夜之间消失的,处处不留痕迹。

怎么会变成这样呢?子冲完全没有料到。

而此时的陆弥,她完全没有注意到子冲的心境和变化,她现在的全副身心也未必都在挣钱这件事上,那不过是对这个世界的重新认识和行为艺术,一旦你有了游戏心态也就卸掉了心头的千斤重担。其实,她跟白拒所做的任何事对社会都是毫无影响的,唯一改变的是他们不像从前那么精神上清高而经济上窘迫了。

没错,时间的确像溪水一样缓缓流逝,但它们却没有一丝一毫将陆弥内心的痛苦冲淡,这种痛苦便是她对哥哥的一日胜似一日的思念。

她常常在梦里与哥哥相见,醒时,枕头上已是一片泪痕。

她想起当年，家里不准备让她上大学，她伤心至极地跑到大街上买了一支廉价口红，涂了一个血盆大口坐在夜总会三陪小姐中间，也学她们点着一支香烟，去洗手间时拼命地扭动腰肢，尽可能显得风情万种。当时她发血誓要让陆家尽失颜面，虽然她的样子简直跟软红风尘不沾边。后来是陆征找到了她，陆征没有像电影里演的那样扇了她一个金光灿烂的大耳光，然后他们手拉手地冲到暴风雨里去。陆征没有这样，而是把她叫到僻静的地方之后，就开始笑，笑得弯下腰去，把陆弥都笑得不自信了。

陆弥用拳头打哥哥，讨厌，你笑什么？！

陆征掏出纸巾说，擦擦吧，别跟吃了死孩子似的。

陆弥接过纸巾来擦嘴巴，陆征说，爸妈同意你去读书了。

他什么都没说，但陆弥知道这一切均是哥哥为她争取来的。而且每回陆征都是轻描淡写地说这种事。

她启程到外地读书，由于不是始发站，她要在半夜两点钟上火车，当然也只有哥哥一个人去送她。她至今还记得在深夜空荡荡的站台上，哥哥微笑着冲着她挥手，直到在她眼中变成了一个黑色的小点。当时的她并没有掉眼泪，只觉得内心无比地踏实，就因为她有一个让她踏实的哥哥。

在大学的四年间，学费之外的零花钱都是哥哥给她寄来的。每回放寒暑假回家，她就要听母亲的念叨，父母亲总说她是讨债鬼，家里的钱都花到她身上去了，也不知道将来能有什么用。每回她都是一声不吭，将父母亲的牢骚照单全收，根本不敢提零花钱的事。她相信哥哥给她寄的肯定是他自己省下来的开销。有时，父母亲念叨得多了，哥哥也会发脾气嫌他们啰嗦，这样一来，陆弥的心里反而没有怨气了。

……

总之，现在陆弥的夜晚已经再无宁静，每当夜幕降临的时刻，有关陆征的往事便不期而遇地走到陆弥的心头，而且越是陆征远去，他的点点滴滴越是清晰地浮现在陆弥的眼前，挥之不去。

四

日子还得过下去，转眼间就到了清明节。

清明时节雨纷纷，这个清明节也不例外，天气阴沉，细雨飘飞。其实陆征过世也才大半年，但是遇到清明，没理由不去上坟。陆弥不是嫌麻烦，她知道又要伤心一场，那种刻骨铭心的伤心真令她有些恐惧。

为了避免拥挤的塞车和纷乱的场面，子冲和陆弥选择了清明节过后的第二天下午四点多钟出发。然而上路之后才发现人也不见得少，但据说前两天更是挤得水泄不通。

来到陆征的墓地之后，天空仍旧乌云压顶，雨丝下一阵，停一阵，像是一个妇人的哭泣——稍有平复又被新的伤心催逼得泪如雨下。子冲撑着一把黑伞，另一只手搂着陆弥的肩膀，远远地，他们看见陆征的墓前聚集着陆征的父母、熊静文还有蓓蓓，陆弥心想看来跟他们是想到一块去了，或许因为人多，或许他们根本是不愿意碰到她，而她自己也说不清是想撞上他们还是避开他们。

陆弥下意识地停下脚步，她看见蓓蓓扶着父亲，父亲的背已经驼了，不仅面色苍老，动作也相当迟缓，他只是被搀扶着，呆呆地看着墓碑上儿子的照片，而母亲也几乎是没有表情地在墓前一张一张地烧着纸钱，熊静文则在点香，又拿出哥哥生前爱吃的东西摆上。

他们看上去还算平静，似乎已经接受了残酷的现实。陆弥突然有一种冲过去的冲动，直到这时她才明白，无论父母亲对她怎样她都是他们的亲生骨肉，就算他们更爱哥哥，毕竟也把她抚养成人并且读完了大学，尽管他们不完美但仍旧不可改变的是她的根脉，她多么希望能回到他们的身边，而且她必须承认她在心里还是爱他们、牵挂他们的。

这时子冲对她轻轻说道："还是过去打个招呼吧。"

陆弥叹道："算了吧，他们现在最不想见到的就是我。"

"那也不一定，都过了这么长时间了……"

"但是恨比爱更难消除。"

子冲没有说话，他把手中的雨伞递给陆弥，自己冒着细密的小雨走了过去。

母亲看了子冲一眼,又望了望远处的陆弥,她仍旧没有表情地烧着纸钱,纸钱的遗骸飘了起来,宛如黑色的蝴蝶在翩然起舞。陆弥看见,子冲说了好几句话,但是没有人搭理他,致使他进退两难,唯有呆立在一旁。

终于,全家人扶老携幼地离去了,他们再没有看陆弥一眼。

陆弥来到哥哥的墓前,她送上了一束素菊,在昏暗的暮色里,白色的菊花显得十分耀眼、凄然。也就是在这时,雨渐渐停歇了,陆弥下意识地抬起头来,黄昏中的天空,乌云竟然奔腾着散去,天边的一处残霞猩红如血。陆弥心想,这是哥哥知道她来了,这是哥哥盼着她来呢,便托天象留给她一个最灿烂的微笑。顿时,她眼中的泪水奔涌而出,她迎着哥哥的笑容,她说比起你的生命来我的幸福又算什么呢?哥哥你为什么没有等我再犹豫一下呢?还是你已经知道了我将改变主意,所以你为了我一走了之呢?!

子冲看着陆弥伤心欲绝,他也不知道该如何安慰她,只是他想,无论今后遇到什么情况,他都要对陆弥好,他都要跟她相爱如初。尽管,他完全知道钱未必就能救陆征的命,但是客观上的确是陆弥为了他失去了家中唯一对她好的哥哥。

清明节过后,陆弥便有了一个无法了却的心愿,那就是她很想为哥哥做点什么,为这件事她想了很长时间，最终决定去找熊静文，她想熊静文毕竟是学幼儿师范的，应该不会像她父母那样难以沟通。她想，只要她的真心能够感动嫂子，嫂子便一定会帮她去化解与父母之间的隐恨。

陆弥找了一个周末的下午去熊静文所在的幼儿园，当时熊静文正带着小朋友在院子里玩老鹰抓小鸡，一个看上去胖得很有点结实的年纪大的女老师扮老鹰，熊静文张开手臂，她的身后是一大溜小朋友，随着孩子们兴奋的尖叫声，母鸡带着小鸡的队伍像蛇一样左右摆动，熊静文满头大汗地两头跑，为的是阻止队尾的小鸡被老鹰抓住。孩子们的欢笑声在院子里起伏回荡。

陆弥心想，像熊静文这样有爱心的老师，应该是能够与她息息相通的。

一直等到孩子们玩完游戏，熊静文才略显无奈地向陆弥走来，待到她站在陆弥面前的时刻，她的脸已经变得冷若冰霜，就仿佛刚才她愉悦的笑脸只不过是一个面具，现在游戏完了，面具也摘掉了，真实的静文便是这副漠然的样子。

陆弥的心在一点点缩紧，但她还是挤出一脸的笑容，说道："嫂子，我们能找一个地方坐坐吗？"

静文望着别处，边擦汗边道："有什么事你赶紧说吧。"

陆弥没办法，只好从包里拿出一个存折，她真心实意地说道："嫂子，我存了一点钱，想给蓓蓓作为教育基金，当然这还不够，今后我还会……"

不等她说完下面的话，静文冷冷地打断她的话道："我们现在过得挺好的，不需要你的钱。"她甚至看也没看陆弥手上的存折。

陆弥忙道："蓓蓓不是说她也想去美国读书吗？"

静文不耐烦道："那是她口吐狂言，我们在国内待得好好的，干吗要出去？我告诉你蓓蓓她很适应国内的教育模式，至今都是班里的前三名，你就别操我们的心了。"说完她准备转身离去。

陆弥无话可说，但还是忍不住叫了一声"嫂子"，同时感到鼻子发酸。

静文定定地望了她一眼，道："请你以后再也不要来找我了，因为你只能给我带来痛苦。"

"嫂子，失去了哥哥，我也很痛苦啊。"

"真可笑，你现在想到的还是你自己，你痛苦了，于是你就想花钱抚平这些痛苦。你失去的是哥哥，可我失去的却是丈夫，是蓓蓓的父亲，我才三十四岁，你知道这意味着什么吗？"静文的眼中陡然间蓄满了眼泪，但这丝毫没有让她因为仇恨而变得狰狞的面孔有所缓和，她一字一句道："你给我滚，现在就滚。"

说完这话，她头也不回地走了。

陆弥没有想到，平时很有些计较和贪财的静文会这样对待她的好意，而她此时此刻手拿存折的样子简直愚蠢至极。

这件事经过反思，陆弥觉得是她自己的问题，她低估了别人同时又高看了自己。她想，她不应该提什么钱的事，而是要把自己内心的痛苦向静文和盘托出。但是她已经没有这个机会了，因为她后来又去了静文所在的幼儿园好几次，每次门房都不让她进，门房客气地对她说，熊老师专门交待过，她不会再见你了。

很自然的，陆弥把这件事告诉了子冲，她现在只有子冲一个亲人了，可以说她所有的怅然、失落以及痛苦也只有子冲一个人能为她分担和承受。

子冲说道："陆弥，我觉得你应该想办法让自己冷却下来，我完全理解你的痛苦和负疚，可是治疗这一切的唯有时间，包括你的家人，他们也需要时间来疗伤……只要我们肯等待，总有一天仇恨是可以化解的。"

陆弥没有说话，她只是静静地聆听。

子冲又道："你不妨换个角度想一想，假如你果断嫁给了祝延风，我相信无论你哥哥的情况怎样，你也同样会痛苦，你会因为失去了我而在感情上备受折磨……就像红玫瑰和白玫瑰，白蛇和青蛇，对于振保和许仙来说是不是选择了谁都是一腔的幽怨？所以说这件事谁也没错，错就错在选择本身是一件太困难太困难的事，错就错在我们总是以为人是万能的，其实人能做到的所谓力挽狂澜是多么有限啊，大多数的情况是我们束手无策从而折磨自己……因为只有折磨自己才能缓解内心的痛苦。陆弥，我相信这些道理你都明白，只是在感情上过不去……我想说的是,至少你还有我,我会一直陪伴在你的身边。"

陆弥忍不住扑倒在子冲怀里,口中喃喃吟道:"子冲,你永远不能离开我。"

那段时间,由于陆弥的睡眠不好,子冲换掉了家里一切有声响的钟,哪怕只是滴滴答答的声音,在深夜里陆弥也觉得是雷霆万钧。如果陆弥还睡不着,子冲就靠在床上看一本书,他说,你先睡,要不你看见我先睡着了又该着急了,我等你睡着了以后我再睡。

种种这一切皆因为陆弥不肯吃安眠药,她没说为什么,但是子冲知道她是因为看见安眠药便想起陆征,所以她不吃药也绝不允许家里有安眠药。

子冲并不逼她,子冲心想陆弥本来就是心病,慢慢地,她会把自己从痛苦中拔出来的。

五月的一天,白拒工作室接到一个活儿,是给本省十大民营企业拍照片做成一本大型画册,配合一个重要的会议推出。这是一个政府出资的活儿,钱也不算多,但是白拒和陆弥觉得可以借此机会拓展关系,说不定以后有可能给民企拍平面广告,所以也就兴冲冲地答应了这件事。

拍摄的事还比较顺利,无非是一些鸟瞰的制造业厂房,还有就是当家老板气宇轩昂地坐在大班台前或是站在江边眺望远方,思索着企业的宏伟前景。

后来碰到一个名叫途腾的企业就有些摆谱，他们的公司业务做得的确很大，在管理方面也称得上井井有条，听说是老板高薪请了海归派的人员做企管，可见是花了些心力的。连续拍了几天之后，终于回到公司总部，白拒和陆弥被告之先到董事长办公室去布灯安置有关设备，董事长今天的事特别多，所以出来照相的时间只有约六分钟，希望彼此都配合一下。白拒和陆弥对望了一眼，心想，这太有民企老板的特色了。

董事长的办公室自然是气派和阔绰的，而且被擦拭得一尘不染，光可鉴人。白拒和陆弥无所事事地等了一个多钟头，才见到有一堆人簇拥着一个穿黑西装的人向这边走来。

待这个人出现在办公室的门口，陆弥愣住了，原来这个人不是别人，正是祝延风。

拍摄的时间只用了三分钟，之后白拒就带着全部的器材先走了，祝延风的随从也都知趣地离开，祝延风只简单地说了一句会议推迟，他们便已经心领神会了。

偌大的办公室里只剩下他们两个人。

祝延风道："我本来不想留你的，可是我怎么觉得你刚才见到我的时候像见到鬼一样？脸色都变了。"

陆弥低声说道："对不起。"

祝延风道："我又不需要你的道歉，我只是想问问……"

这时陆弥突然打断他说："祝延风，你不是总经理吗？怎么现在成董事长了？"

祝延风叹道："有什么办法，我情场失意，商场也就水涨船高了吧。"

陆弥一时无以对答。

祝延风又道："我听说你哥哥病死了，所以我也就结了婚，还是跟孙霁柔，也算是众望所归吧。有时候我真觉得人其实根本就不是为自己活着，也没法为自己活着，全都是为了别人，如果你硬要为自己活那就活不下去……"

"你别说了，"陆弥再一次打断祝延风的话，她说："你要没什么事，我先走了。"

说完她起身便走，就在她转头的瞬间，祝延风看到了她眼中飞落的一颗泪珠，他忍不住一把抓住她的胳膊："陆弥，出什么事了？"他急切地问道。

"没什么……"陆弥边说边挣开祝延风的手，匆匆地离去了。

过了大概一个多星期，工作室的案台上摆了一大堆照片，白拒和陆弥在挑选照片做取舍和排版。白拒无意间拿到一张祝延风的照片，端详了片刻道："我说陆弥，你这是何苦呢？"

陆弥看了白拒一眼道："你什么意思？"

白拒道："学普通人，嫌贫爱富，还会有什么痛苦呢？"

陆弥道："那是因为你从来没爱过，所以说这样的话。"

白拒道："爱情真有那么大的魔力吗？"

陆弥道:"世界上只有一样东西会让人失去理智,那就是爱情。"

两个人正在深刻地讨论着爱情问题,这时陆弥的手机响了。

电话是祝延风打过来的,他说他就在楼下,叫陆弥下来,他有话跟她说。

陆弥下楼以后,看见院子里停着一辆悍马,她走过去,只见祝延风坐在驾驶员的位置上,一身高档的休闲装将他衬得英气焕发。见到陆弥,祝延风跳下车来,他约陆弥出去找个地方坐坐,陆弥不肯,于是两个人干脆坐在车上聊了几句。

祝延风说话的中心意思是,上次见面时的不快令他很以为然,于是派人去了解了一下情况,方知道陆弥的哥哥是自杀身亡,而且由于他的介入,全家人都憎恨陆弥,基本上与她断绝了来往。祝延风说他真的是万万没想到事情会变成现在这个样子,心里愧疚得不行。他甚至也知道了陆弥从小到大没有得到过多少来自家庭和父母亲的温暖与关爱,而这一次,却是残存的一点亲情也断然消失得一干二净。

祝延风说这些话的时候,陆弥微低着头一言不发,神情还有一些麻木。

最后,祝延风说道:"陆弥,我能为你做点什么吗?"

陆弥道:"我想我们以后再也不要见面了,不见面就不回忆。"她说完这话便下了车,径自离去。

这时,陆弥听见祝延风在她身后说:"陆弥,你记住,有事一定来找我。"

陆弥没有说话,也没有停下脚步。陆弥心想,无论碰到什么事我都不会找你的,难道我被你害得还不够惨吗?

院子里发生的这一幕,均被楼上的白拒在窗口看见了,白拒心想,陆弥果然那么好吗?她是个好女孩没错,可是他完全没有感觉到她的性别特征,在他眼里她就是一个男孩子。甚至有一次他们在外面淋了雨,陆弥要在工作室换衣服让他出去一下,他都是满脸的多此一举。那一次陆弥都急了,陆弥说,白拒你也太不把我当回事了,告诉你我也曾经让人疯狂过。白拒当时暗自好笑,现在看来还真有这么回事。

陆弥哥哥的事,白拒当然不会不知道,因为出事的那段时间陆弥根本没法工作,一个多月之后,她才回到工作室,人瘦了一圈,看上去更加清减,但情绪还好,尚能复述发生了什么事。陆弥最后说,白拒我告诉你,如果生活让我重新选择一次,我还是选择子冲。但这时她已经泪流满面,白拒知道,她的神情早已说明了她心中的悔意,她只是想说服自己。

好在,生活没有再一次。

只是白拒一直以为,追求陆弥的小老板无外乎长得獐头鼠目,却原来不仅俊朗而且有钱,相比之下胡子冲真是乏善可陈。白拒心想,女人,真是个谜。

恰在这时,陆弥已经推门进来。

她阴沉着脸,没有说话。白拒也没有说话。直到下班,陆弥便再也没有说过话。

子冲其实千方百计地希望陆弥能高兴起来,幸好隔了不长一段时间便是陆弥的生日,陆弥当然没有多少心思,但是子冲执意想冲冲喜。所以他背着陆弥在塞纳河西餐厅订了两个包厢位,又备下了生日蛋糕和两打红玫瑰。

这一天的晚上,陆弥在摇曳的烛光中的确是露出了近期内难得一见的明媚笑容。

其实,子冲和陆弥都不爱吃西餐,但是没办法,尽管西餐形式大于内容,但也由于这种原因它才显得有情调,确切地说有一种仪式感。

想想看,先不管吃的是什么,刀叉已经摆了一桌子,浆过的果绿色的餐巾套在一个精美的环状银器里,等待你把它展开来铺在面前,高脚杯亭亭玉立,胸中溢满芳香的红酒,令人未饮先醉。总之,子冲和陆弥爱的都是吃西餐的细节,它的隆重让人难忘。甚至在舞刀弄叉之间他们都很难重视牛扒的味道,而是切、割、相视一笑时的优雅和快慰。吃中餐就不行,只一双筷子不说,难道你在吃熘肝尖的时候对人嫣然一笑吗?

陆弥在喝奶油忌廉汤的时候,心想,子冲实在是用心良苦,我一定要显得高兴一点。然而,后来子冲说的一段话真是弦动我心，令陆弥真的感动异常。

子冲说道，对于大多数人来说，他们可能不幸福，所以他们拼命地寻找快乐，因为如果每一天都快乐也是一种幸福。而我们呢，我们幸福，但我们不快乐，那就让我们好好地享受幸福。陆弥，我会永远爱你。

那一瞬间，陆弥的眼圈红了。

本来，后面应该发生的事是不难想象的，无外乎是异常的甜蜜。然而，生活的轨迹永远不会按照我们的思路运行，这便是生活残酷的一面。

不知是什么时候，一个身材高挑的艳丽女子出现在陆弥的面前，她一袭低胸的黑衣，下面是黑色的超短裙，一双黑色的长靴让她显得气派非凡。她的头上裹着一条色彩纯正图案经典的丝缎头巾，淡紫色调的芬迪牌墨镜遮住了半张脸。她毫不客气地对子冲说道："请往里点儿。"

突如其来的陌生人令子冲没有反应过来，他听话地朝里面挪了挪，于是那个女人一屁股坐在他原来的位置上，这个位置正好与陆弥脸对脸。

她盯了陆弥好一会儿才拿掉眼镜，冷笑道："不认识了吗？"

"丽丽？！"陆弥忍不住脱口而出。

丽丽点着一支烟道："嗯，还行，没跟我玩失忆。"

陆弥微低下头，小声道："丽丽，对不起。"

丽丽冷若冰霜道："好一个对不起，你告诉我你拿我卖了多少钱?"

陆弥无言以对,子冲也被眼前的一幕惊呆了。

丽丽又道:"没错,我是三陪女,我贱,但是我比你干净。你缺钱就直说,反正都是卖,姐姐我不怪你。可你算什么东西?美其名曰跟我交朋友,把我哄得团团转,连我在更衣室换衣服的情景都让你偷拍了……结果真不错,我在《城市画报》上大放异彩,谁都知道我是个不知羞耻的贱货,我被迫搬了两次家,还时不时被人指指点点。而你呢,玩失踪还换了手机号码,但是很不幸还是让我在这儿撞上你了……你别害怕,我不会对你怎么样的,我只是想告诉你一句话,在我眼里,你还不如一个嫖客。"

丽丽说完,扬长而去。

陆弥则像挨了一闷棍那样呆若木鸡,半晌没有任何反应。当然,这件事千真万确,没有人诬陷她。当时的情况是《城市画报》的确需要一组带色的边缘性照片故事放在读图时代的栏目里面,点子是陆弥和白拒共同创意,完成起来有困难,必须以陆弥为主,他们暗中像选演员那样选过许多人,只有丽丽是最合适的人选,她漂亮,有神秘感,天生能打开别人心中的好奇之门。选定了猎物之后,陆弥便主动接触丽丽,她直言她要写书,无非是编些故事那也需要知道些底细,不会针对谁曝光,大家都得挣钱吃饭对不对?

陆弥还跟丽丽讲了她哥哥的事,可以想象当时两个女人都掉了很多眼泪。陆征的故事激发出丽丽的侠义之心，而陆弥的心情却很复杂，她第一次领略了痛苦也可以换钱的奇妙感受，这件事她复述得多了，痛就变成了秀，而秀则变成了更深刻的痛。她很快就得到了丽丽的信任。

她们亲如姐妹，丽丽也向陆弥透露了许多不为人知的内幕，这些都可以在读图时代中看到。说到底，人们喜欢这样的故事，这是一次集体偷窥的行为，而陆弥则用自己的聪明才智完成了它。

这件事陆弥当然不会告诉子冲，她也希望白拒制止她，但是白拒顺从了她。她想，这便是她只会爱子冲而不会对白拒动心的原因之一吧。

事实上，陆弥把丽丽拍得非常的美，尤其是有一张丽丽走出化妆间的照片，背景便是夜总会如炽如日的绚丽灯光，而丽丽迷茫而慵懒的眼神与之形成了鲜明的对照。所谓的越夜越美丽，越美丽越堕落，越堕落越快乐的三陪生涯尽在不言之中。

隔了一会儿，子冲方显还魂，问道："陆弥，这到底是怎么回事？"

"你不是都看见了吗？"陆弥一脸的死猪不怕开水烫。

子冲还是不愿意相信："她说的都是真的吗？"

陆弥一言不发，算是默认。

子冲道："为什么要这么干？"

陆弥突然爆发地冲他喊起来："你说为什么?!"说

完这话，她猛然从座位上弹起来，冲出了塞纳河的玻璃门。

这个小布尔乔亚的夜晚算是被彻底搅和了。直到深夜，两个人都不说话，也都没有上床睡觉。陆弥一个人在阳台上耽搁了好长时间，等到情绪稍稍平缓之后，她来到子冲的身边，她说："子冲，我们谈一谈好吗？"

子冲收起手中的一本书，表示洗耳恭听。

陆弥道："子冲，我承认我是为了钱，我也没有其他的办法搞到更多的钱，只有特稿的稿费是不封顶的。"

子冲道："可是无论如何不能用这种方式，去践踏比我们活得更卑微的人，这是一种人性和良知的泯灭。如果哪一天我们能心安理得地这么做，你说，这跟没有钱的痛苦又有什么不同？或许是更甚也未可知。"

陆弥叹道："这何尝不是我的做人原则？可是我哥哥死了，没有钱就是救不了他。"

"这是两回事。"

"在我看来就是一回事，没有钱，我还不知道会失去什么。"

"我再说一遍，这两件事没有关系，陆弥，我知道陆征的死带给了你巨大的伤痛和对这个世界的怀疑，可是我们不能因此就剑走偏锋，我觉得这是比你哥哥的死还要不幸的事。"

"说说当然容易，不是你哥哥，你就根本没法体会我的心情。"

"既然是这样,你当初为什么不嫁给祝延风?他可以解决你全部的问题。"

然而,子冲话音未落,他只觉得面颊重重地挨了一巴掌,陆弥咬牙切齿地说道:"胡子冲,谁都可以这样说话,只有你不行。"

这个晚上虽然没有狂风骤雨,但是陆弥仍旧离家出走,一夜未归。

她在大马路上徜徉的时候,只觉得这个世界人头攒动却没有一个人理解她,既然是这样她也只好顾影自怜。十二点还没过,总该把自己的生日过完,于是她找了一家五星级的酒店,开了一间标准房,她当然还没有开总统套房的能力。她让人把两瓶法国葡萄酒送到房间,除了自斟自饮以外,还在微醺状态下泡澡时,将其倒进了浴缸里,猩红的酒液在雪白的浴池间绘出极其妖冶的姿容,渐渐的酒香飘逸,她在自不量力的消费中得到了些许的快感,像杀人者见血时的愉悦,并妄想在愉悦中忘掉所发生过的一切。

她知道子冲是对的,对和错是多么容易分辨的事。

她甚至也自责,可她就是不痛快,她想她为什么要上大学呢?唯一的作用便是定高了自己的道德底线。如果她不上大学,如果她变成了丽丽,那她肯定不幸福,但说不定会痛快。那她的哥哥会不会死呢?她在无数的不确定因素中闭上眼睛沉进了水里。

她以为子冲会找她,她的手机一直开着,但是子冲没有来电话。

陆弥往家里打了一个电话,是她妈妈接的,当她叫了一声妈妈的时候,她妈妈声音平淡地说道:"深更半夜的,你神经病啊?!"

"妈,今天是我的生日。"

"那又怎么样?我早说过跟我没关系。"

"妈,你骂我就是了,我保证不还嘴。"

"我骂你干什么?你又做错了什么?"

"我……"

"我没有生你,我也不要求你。"说完就把电话挂了。

年纪大的人赌气,就是这么决绝。同时一切都是淡淡的,犹如她身上散发出来的淡淡的酒香。

五

关于丽丽的事陆弥并没有告诉白拒。

她想她再也不会做这样的事了,但她会选择淡出,也就是说她不会在白拒面前做出宣言式的决定,毕竟有些尴尬,也不像她陆弥以往的性格。

生日过后的第二天,陆弥在中午十二点时退了房,然后回家。晚上子冲回来,他们都没有再提丽丽的事,就好像这件事并没有发生过一样。子冲也没问陆弥到底是在哪里过的夜,似乎一切都没有改变,然而他们彼此都知道内心中建立起了隔阂。

陆弥一直觉得胸口发堵,但她不愿意承认是自己的错，而且她不解为什么最理解她的子冲这一回没有理解她，还说了那么重的话——她甚至认为那句话，那句为什么不嫁给祝延风的话简直就跟她犯的错误同等严重，致使她的负疚感荡然无存。但子冲好像是不想再做出任何解释，他平静的外表令陆弥有一种无名火。

她想，在哥哥发生悲剧的前后，最干净的人便是子冲了，哥哥死了，家人肝胆俱焚，祝延风没有得到他想得到的东西，而她自己还为了改变现状去做了那么下作的事。只有胡子冲是完美无瑕的，他可以指责任何人你却对他无话可说。

于是她也开始一言不发。

这样约摸过了一个星期，陆弥知道自己肯定不会在沉默中爆发，但却有可能在沉默中灭亡。于是有一天下午无事，她便独自一人坐着郊线车去了陆征的墓地。由于已不再是清明时节，汽车在行驶中让人感觉到人流越来越不稠密，天空也是暗暗的仿佛要配合人的心境。街上的人一个个都是敷衍的表情，还没有想象中的野鬼高兴，种种这一切更是让陆弥的情绪降到了最低点。

到了那一片陵园，人就少得屈指可数。陆弥很快找到了哥哥安葬的地方，她坐在大理石的碑前，顿时泪如泉涌。

直到哭够了，她才开始跟哥哥说话，这时陆征的音容笑貌又格外清晰地出现在她的眼前。她述说了自己的烦恼，哥哥便像以往那样开导她，哥哥说，陆弥你真应该好好改改你的性格了,你脾气太犟,有时明明知道是自己错了反而更犟,你为什么要这样呢?子冲是难得一寻的知道你、懂得你的人,而且他没有恶习又对你好,你若不珍惜会比失去我还要痛苦。这话你信不信?反正我信。陆弥哭着说,可是只有他,什么都没有失去啊。陆征说,这就是你们女人的天性,凡事不算小账就不是女人了。退一步说,子冲他有什么错?你叫他失去什么你才甘心?他若不是坚持原则的那一个,你便没有这么喜欢他,你说你想他怎样?他又能怎样?你干吗折磨自己不算还要折磨他?

哥哥不说还好,一说,陆弥哭得更厉害了。

但不管怎么说这是一种宣泄,总之等到陆弥再一次坐上回市区的郊线车时,她觉得轻松了许多,而且她万万没想到哥哥的一席话竟让她由衷地产生了深深的自责。

这天晚上她躺在床上时,在黑暗中她主动握住了子冲的手。

背对她的子冲转过身来,无声地伸出臂膀搂住了她,她再一次哭倒在他的怀里。直到这时子冲才说道:"我知道你再也不会做那样的事了,可我不能太迁就你,那样会毁了我们两个人。"

"有那么严重吗?"陆弥哭着说,"我一晚上不回来你都不找我,问都不问一句……"

子冲长长地叹了一口气,但却把陆弥搂得更紧了。

白拒好像是真的恋爱了，以前他不沾这一口，一脸的无欲无求，现在他的神情里却有一种嗑过药之后的压抑不住的兴奋。由于他的这种表现是在给亦菲拍了裸照之后，所以陆弥猜想那个女孩一定是亦菲。

亦菲是外语学院西语系的学生，人长得精致而有气质，尤其她的身材无可挑剔的美丽，只要是正常人都会惊叹她的比例是那样的恰到好处，不仅不会产生肉欲和邪念，反而会被这难得一见的完美镇住。亦菲要拍的不是写真集，她才不会把自己打包一次性处理，只单张出售，的确是美轮美奂，每张一万元。而她的照片都是网站或者广告商、出版商疯抢的猎物。

白拒和陆弥的摄影风格，总能在唯美之中平添一份迷茫和含蓄，那种引而不发的沉稳令亦菲的美丽愈显高贵。这不是每一个摄影师都能做到的，全裸的照片很不好拍，稍有差池便会沦为色欲媚俗之物。

白拒开始托着下巴发呆，有时候在工作室做事，做着做着突然会失踪若干小时，回来之后又接着发呆。

有一天，白拒突然没头没脑地说道："我喜欢她的忧郁。"

"她忧郁吗？"陆弥心想，亦菲的眼神虽谈不上明媚，但至多也只是纯净。

"当然，而且她一点也不做作，她一身的名牌却没有半点商业的气息。"

陆弥不再说话，她觉得亦菲身上还是有不为人察的商业气息的，但是就像情人眼里出西施一样，情人眼里也出端庄。

白拒又道："她是我少见的有书卷气的女人。"

顶多有点学生味道，陆弥这样想，笑笑。

"我从来不觉得樱桃小嘴好看，她的嘴唇微厚、温软，又总是抿着，适时沉默的女人总是最吸引我的。"

亦菲倒是一个不爱说话的女孩。

"白拒，爱情还是比你想象的要美好吧？"

白拒诚恳地看着陆弥道："真的，太美好了。"

然而，美好的时光总是稍纵即逝，不久便发生了一件意想不到的事。

那是一个再普通不过的下午，陆弥一个人在工作室做文案。这时有人敲门，陆弥便以为是白拒忘带了钥匙，对于身处热恋之中的人丢三落四是很可以理解的。她走过去打开门，这时才看见迫不及待挤进来的两个人，是身材高大的黑衣男子，其中一个人问她，你是不是陆弥，陆弥下意识地点了一下头，便在很短的时间内，闻到了一种极其陌生而又刺鼻的气味，她很快就什么都不知道了。

等她醒来的时候，最先看见自己坐在一张黑色的皮转椅上，房间里拉着窗帘，但仍可感觉到这是一座高楼。

黑衣男子还在，他们在室内还戴着墨镜。跟她讲话的那个男人倒很文气，整洁之中还游走着一点古龙水的余香。他递给陆弥一支矿泉水，声音平缓地说道："想一想，你得罪了谁？"

陆弥想都没想便答道："我没得罪过任何人。"

"先别那么嘴硬，好好想一想，还记得荷花吗？"

什么荷花？还莲藕呢。陆弥只觉得她被迷魂药熏得仍有些发晕，有些事一时想不起来也情有可原。

文气的男人进一步提醒陆弥道："你不是那么健忘吧？新出炉的选美冠军彭荷，由于她一掐能出水，所以大伙都叫她荷花。人家都已经当上青春玉女掌门人了，你和白拒不仅挖出了她死不认账的前老公，还把她和前老公生的残疾孩子也给挖出来了，现在她从冠军的宝座上栽下来了……你们这么干不是找死吗？"

陆弥没有分辩，想了想，道："我们也要吃饭。"

"只怕吃得太香了吧？不是东北米是泰国米？"

"你是干什么的？这跟你有什么关系？！"

"荷花请我摆平这件事，就这么简单。"

陆弥横下一条心道："你们想怎么着吧？！"

"既然认了账，就得付出代价。"

"什么代价？"

"不是有个大款单恋你吗？叫他保你出去吧。"

"你这是绑架！"

"你以为是什么？请你来拍戏啊？！"

陆弥下意识地看了看她所处的环境，并非是城中村的出租屋，不像是藏有凶器。这不过是一间普通的办公室，除了文秘设施其他没有什么特别。那些缺乏表情的粗壮男人跟文件柜毫无区别，难道他们会在这种地方解决她吗？

"什么大款？我根本就不认识什么大款。"陆弥道。

"祝延风。"

"我跟他什么交情都没有。"

"你跟他有什么和我没关系，叫他拿出钱来就是了。"

文气的男人说了一个钱数，这个数字让陆弥倒吸了一口凉气。

陆弥赌气道："那就把我杀了算了，我不值那么多钱。"

办公室突然安静下来，一时间谁都不再说话。这时门"呀"的一声响了，有人推着一辆四轮的小车进来。车上放着一个白色的托盘，托盘里孤零零地躺着一支带有透明药水的注射器，文气的男人还没有说话，陆弥已有些紧张了，尽管她不动声色，但是后脊梁不由自主地紧紧地顶在皮椅背上。

文气的男人说道："我们当然不会杀你，为什么要杀你呢？杀人是件很麻烦的事。不过我们可以轻而易举地让你染上毒瘾，然后毫发无伤地放你回去。"

陆弥闭上眼睛，她的后背在一秒钟之内湿透。

凶残也可以是含情脉脉的，文气的男人继续说道："……你当然也可以带公安佬到这间办公室来，绘声绘色地给他们讲一个故事，讲完你所经历的一切。问题是，后来呢？后来你做了笔录，一个惊险的故事就这样结束了。"

到了晚上，陆弥答应给白拒打电话。文气的男人把她的手机还给她，她刚一开机，电话铃就响了，是白拒打来的，他气急败坏地说道："陆弥，你现在在哪儿？你干吗要关机啊？我打了一百个电话给你你知不知道？到底出了什么事？为什么工作室给人砸了？电脑浸在洗手间的水池里，已经完全不能用了。今天下午到底发生了什么？！"

陆弥下意识地把手机从耳边移开，等白拒咆哮完之后，她叫白拒立刻去找祝延风，接着把情况简单地说了一下。只听见白拒"哇"的一声，竟然迅速地把电话挂断了。陆弥赶紧把电话打过去，她叮嘱白拒不要报警，不要跟任何人提这件事。为了安慰白拒，她还得说她现在很安全，只要钱到了指定的账号她便没事了。白拒说，祝延风怎么会相信我呢？陆弥说道，他不相信你叫他打我的手机。白拒说，他肯帮我们摆平这件事吗？陆弥一下子火了，吼道，你有说话这工夫早就找到他了！！

祝延风的镇定着实让白拒吃了一惊。

祝延风说："我料定会出事的，因为前段时间有一辆面包车无端端地跟了我两个星期……本来可能是直接对我下手的，现在拐了一道弯。"

祝延风又说："其实这种事也是可以讨价还价的，但她是陆弥，我就算了，只当这笔钱拿去扶贫了。"

他没有给陆弥打电话，只是从白拒那里留下了绑匪指定的银行账号。但是调拨现金是需要时间的，祝延风花了三天的时间，救出了陆弥。陆弥走的时候，文气的男人心情极爽地对陆弥说，想不到你还真值那么多钱。陆弥一言不发，只是恶狠狠地瞪了他一眼。

陆弥回到家时，子冲还在上班，家里没有人，这样便于她"毁尸灭迹"，因为她整个人的感觉已经完全不对了，不仅衣衫不整，头发和身上还发出一股奇怪的气味。

她的神态更是一副饱受惊吓的样子。

好在三天之前，她已经打过电话给子冲，她说她到海南岛给一个男歌手拍海景的照片去了，过几天才能回家。子冲当然深信不疑。

洗澡的时候，陆弥总觉得自己洗不干净似的，搓了一遍又一遍，但实际上她是一直在想这件事告不告诉子冲？她知道自己还是非常在意子冲的，可这叫什么事啊，一边牵扯着工作室的阴暗面，当初为了丽丽的事他们已经搞得很不愉快；一边又牵扯到祝延风，而且祝延风还为她花了那么多钱。这两方面的情况都会让子冲暴跳如雷，换任何一个人都不会说说就算了，无疑会成为他们关系上的一道浓重且抹不掉的阴影。

陆弥又想，如果这些钱花在陆征身上，陆征还会死吗？

她想，她已经失去哥哥了，她不能再失去子冲。所以她决定对子冲什么也不说，就像没发生过这件事一样。

陆弥洗完澡，她把房间清理了一下，又靠在沙发上养了养神，养神的时候她听了刀郎那首饱含西北风沙的粗糙嗓音翻唱的老歌《驼铃》，唱到"当心夜半北风寒，一路多保重"时，竟然有些心酸，却又不知为谁。

等到子冲下班归来，陆弥已从超市回来了，正扎着花围裙在厨房里又烹又炸，神情十分祥和。子冲不禁问道，今天是什么特殊的日子吗？

陆弥说，不是，但我们在一起的每一天都是有意义的。

子冲走到炒锅前亲了她一下。

陆弥其实是制造氛围的高手，要不白拒怎么离不开她呢。这个晚上她也不过就是换了一块桌布，是那种心旷神怡的绿色伫立着素色的蝴蝶，她点燃了一支散发玫瑰味道的香烛，背景音乐是时隐时现的小提琴协奏曲《万泉河水清又清》。她不放情歌是有原因的，如果说这时的桌布是草地，香烛是玫瑰，那么音乐便一定是风景了。在他们的小客厅里，你还需要什么呢？

晚餐很丰盛，由于喝了一点红酒，两个人都有些春心荡漾，于是不等天黑便相拥着倒在床上。陆弥觉得自己做得很投入，她甚至能感觉出她的呻吟声有点夸张，简直像冒充处女的鸡一样可恶，她都有点嫌弃自己了。

她为什么要这样呢？她心中的那块大石头放下了吗？它们之间又有什么关系呢？她对子冲到底是感情依赖还

是觉得对不起他呢？总之，无数的不解之谜在她的心中翻滚，陆弥心想，也许越是想掩饰的东西它便越是会突兀地表现出来吧，反思今晚的表现她就像一个十足的戏子。如果子冲的心再细一些，他一定会感到她行为反常的。

这时，陆弥有点心虚地看了一眼倒在自己身边的子冲，子冲两眼望着天花板神思已远，陆弥伸出手去摸了摸他的脸，子冲还魂道，有时我真觉得自己太幸运了，有多少人是找不到自己另一半的，一生奔忙真不知道是为了什么？可是我们却是在人生的最好年华里碰到了对方，从此相亲相爱永不分开，难道我们成了童话不成?!陆弥笑道，别臭美了，我自然是灰姑娘，可你却不是什么王子吧。子冲道，无非是穷了一点。陆弥道，我不嫌，你就一点也不穷。子冲叹道：甜言蜜语可就是好听啊。

总之，这个晚上本来是很完美的。

但是在半夜里，陆弥做了一个噩梦，梦中她被一个骷髅一样的男人追逐，那个男人的手臂超细，手中握着一支注射器要给她打毒针，她不顾一切地疯跑，却还是被那个男人一把抓住……陆弥尖叫一声坐了起来。

冷汗从她的额头汩汩地流下来，子冲也给她吓醒了，坐起来问她到底梦见了什么？并说，说出来就好了，就化解了。陆弥扑倒在子冲怀里，不说话只是一个劲地哭。子冲忙道，没事了，没事了，一边轻拍着她的后背。陆弥说，我又梦见我哥哥了。子冲安慰她道，有些痛苦是一定需要时间来冲刷的，我们越是幸福就越是觉得对不起至亲的人，你说是不是？陆弥一边点头一边流泪不止。

这个世界还是有因果关系的。

当时陆弥在各种传闻和报道里发现了蛛丝马迹，她猜想彭荷绝对不是什么富商之女，但是肯到湘西去揭露这个秘密的人恐怕只有白拒和陆弥，他们的本意是挖出彭荷出身农家，不想却挖出一个大萝卜——原来彭荷的父母不仅是农民，她还结过一次婚，甚至有一个低能的孩子。这种大热倒灶的事是屡见不鲜的，因为选美要求必须是未婚女子，方才显出年轻女孩子的青春风采，前史洁白是最起码的要求。然而拔起萝卜带出泥，彭荷又怎么会轻饶了她的掘墓人？

彭荷有黑社会背景，这是陆弥万万没想到的，于是她为这件事情付出了昂贵的代价。

陆弥何以就能心安？这件事她不能跟子冲说，白拒也是讳莫如深，他终是没经历过这种惊吓，以往书生意气的侃侃而谈变成了感慨，他说他做梦都想不到会发生这样的事，来来回回就是这一句话。

这一天的下午，陆弥是情不自禁地坐上了郊线车，天边有沉沉的深灰色的积云，郊线车仿佛驶进阴霾的天际，这果然是通往天堂之路吗？

陆弥在陆征的墓前枯坐良久。

她对哥哥说了这件事，哥哥并没有责怪她，但是哥哥说，陆弥你好好想一想，你为什么要这样？我一直以为当初你所坚持的是对的，生命犹如草芥，你可以说它很伟大也可以说它很卑微，这便是它无常的一面，绝不会因为你的另嫁便挽回什么，那不是你的错。然而我死了以后，你就更不应该相信所谓金钱是万能的这回事，你不是那样的人，你硬要那样做，结果会怎样呢？你现在全看到了吧？！

哥哥还对陆弥说，这件事你千万不要告诉子冲，不是刻意要向他隐瞒什么，而是会对他造成伤害，想当初他拿出了购房款，却只是医疗费的九牛一毛，在祝延风的问题上他已经有了心理阴影，现在虽说面对的是飞来的横祸，事实上他又是无能为力的，又是祝延风出面摆平了这件事，他会作何感想呢？就算他原谅了你，这也是他心中一道难以愈合的伤口，无论他多么优秀和智慧，他都会自卑，我们为什么要让他承受这样的压力呢？从头到尾，他又做错了什么呢？

陆弥深感还是哥哥最了解自己，现在与从前一样，她只有这一个亲人。只是她没有想到，所发生的这件事虽然有惊无险，没让她染上毒瘾，但却无形中让她染上了到陆征墓地上来的心瘾，这一问题是渐渐暴露出来了。

从墓地回来之后，陆弥的心情好多了。

惊魂稍有安定，陆弥便想到她要请祝延风吃一顿饭，大恩不言谢，何况她欠祝延风的钱这一辈子不见得还得上，当然祝延风也没有让她还的意思。

祝延风在陆弥出来之后，甚至没有给她打过一个电话。他的这种胸襟和气魄其实令陆弥很以为然，虽谈不上刮目相看，至少对他也有一种重新认识的心意。同时就普通的礼数而言，她是应该表示一下的。

陆弥给祝延风打电话，他很爽快地答应了。

为了清静，陆弥找了一个毫无特色的小饭馆，因为她知道祝延风什么山珍海味都吃过，而他们见面的主要内容并不是吃。这个小饭馆炒菜虽无特色但还精致，布置得也比较简洁而有特色，基本属于那类形式大于内容的地方。祝延风没来过这种地方，所以东看看西看看颇感新鲜。形式有时候就是内容，他说。

吃饭的时候，陆弥郑重其事地感谢祝延风对她在危难之中的援之以手，而祝延风却说，说不定是你为我挡了一劫，也不一定。这件事就不要再说了。

不知为何，听了这话陆弥的眼圈红了。祝延风忙道："陆弥，其实上次为你哥哥的事我挺内疚的，一度还想到你家去跟你的父母做说客，但想想这事也是越描越黑，见到我说不定他们更恨你，也只有作罢。这次发生了这样的事，我也只能这么做，但客观上对我来说是一种解脱，我想我也不欠你什么了吧？！"

陆弥叹道："当然不欠了。"

祝延风又道："你现在生活得怎么样？"

陆弥道:"还好吧,你呢?"

祝延风沉吟片刻道:"也还好,你知道孙霁柔这个人,温良恭俭让的楷模,应该说还是好相处的。"他的语气,像评价一个公司雇员。

沉默了一会儿,陆弥还是有些艰难地说道:"……这件事,子冲并不知道……"

祝延风忙道:"我会守口如瓶的,这又算不上什么好事,难道还捅到报馆去不成?!"

陆弥心中的巨石放了下来,他们又闲聊了一些同学的近况和趣事。

然而世界上的事就有这么凑巧,正当陆弥的神情渐渐开朗与祝延风有所交流的时候,小饭馆格外做作的木门被人推开了,随着木门上方铃铛的一声脆响,陆弥看见子冲和他单位的一班同事有说有笑地走了进来。

陆弥可谓大惊失色,因为她跟子冲说的是晚上跟白拒去拍照片,还把要拍照片的人做了一番描绘,因那人是个艺术家,许诺在家中留饭是一种品位,云云。

情急之中,陆弥又犯了一个错误,她呼地一下站起来了。如果她始终坐着,子冲或许不会发现她,但她可能是下意识的,所以几乎是旱地拔葱一般,跟子冲撞了个脸对脸。子冲当然无可避免地看到了祝延风,这个人他曾经在许多时髦杂志上见过,相信也是过目不忘。可以想象,当时的场面有多尴尬。

晚上回到家以后,子冲对陆弥说道:"你跟他吃饭就跟他吃饭，为什么要撒谎呢？"

陆弥无言以对，只好说道："子冲，你一定要相信我，我绝对不会干任何对不起你的事。"

子冲冷笑一声道："你都不说实话，你叫我怎么相信你?!"

陆弥半天不作声，子冲又道："陆弥，你完全知道我一点也不缺乏理解力，无论是多么难言晦涩的情况，你觉得我会误会你吗？可是你骗我，这让我太吃惊了。"

这时陆弥的心里可谓翻江倒海，有好几次，她真想把实情告诉子冲，可是她想，告诉之后又能怎样呢？子冲肯定能理解她，可是子冲心里会好受吗？而她的心理会好受吗？人都是很普通的，她和子冲也不例外，有些事情埋在心里或许会有不快和得罪，但是揭了这道疤说不定是更深刻的痛。

这个晚上有一种暴雨来临之前的沉闷，两口子谁都不再说话。

六

这一页似乎是翻过去了，也就是说陆弥和子冲的生活并没有太大的改变，他们照样像工蜂一样维护着紧巴巴的小日子。

白拒工作室也恢复了过去的状态，虽然有些不死不活，但安全第一总是没错的，有一句话就更是没错了：

生活会教育每一个人。不过，白拒情绪低落的另一个原因是他在感情方面遭到了挫败。

白拒对陆弥说道："……她是唯一的一个没跟我说过让我对她负责的女人，可是我现在想对她负责了，特别特别想对她负责，我希望能跟她有结果，她却拒绝了我。"

陆弥觉得一点也不奇怪，亦菲怎么可能嫁给白拒呢？不仅没钱还是艺术家，这年头找艺术家不就是找死吗？两个人有过一番激情实属正常，但是谈婚论嫁，现代人是拿它当一盘生意来做的，哪个人会跟你随随便便就手拉手地去登记？

白拒又道："我知道她不是一个完美的女人，在骨子里她也是拜金的，可是不愁吃穿的女人才可能有仪态啊……"

陆弥道："你到底想说什么？"

"我不想说什么。"

"你是想赞美金钱还是想赞美女人？"

"都赞美。"

"爱情使人愚蠢。"

"也使人一叶障目。"

陆弥知道白拒指的是什么，但她懒得点穿。

白拒笑道："陆弥，我不知道你有女权主义倾向，要不你怎么这么恶狠狠地瞪着我？！但是我必须承认女人的风姿是钱财堆砌出来的，这个现实几乎让我改变了世界观。"

其实陆弥听到过有关亦菲的风言风语,所以她有些吞吐地说道:"白拒你也要面对现实,或者她身边有人呢?"

"她身边当然有人,你觉得这是问题吗?"

陆弥哑然。

真的,这是问题吗?对一个现代人来说这到底是幸运还是悲哀?

不过她还是十分庆幸她没有陷入一场非正常的爱情中去,相比之下她跟子冲的感情是多么的阳光和健康。

星期天的下午,难得在这种时候空闲下来的陆弥突然空闲了下来,由于他们的拍照对象通常是会占用双休日的,所以星期天轮空的情况并不多。陆弥一个人在家中无所事事便开始打扫卫生,收拾杂物,她放了一点背景音乐,当《万泉河水清又清》的旋律悠然响起的时候,她正在擦玻璃,却不由自主地笑了——想起那天她死里逃生之后在家中和子冲共度良宵,对于自己的超常发挥,现在想来多少有些可笑。但毕竟,生活中的惊涛骇浪总算是过去了,这让她心中充满着感恩和欣慰。

她想,她要的就是这种生活,洗衣、买菜、平淡、琐碎,看上去波澜不惊,任何有传奇色彩的情节都不要从天而降。

书房很小,通常是子冲的活动空间,因为陆弥大量的工作是在工作室完成的。书房由于久未认真打扫,多少有些零乱。陆弥收拾了一轮,但见门后扔了很多购物袋，购物袋可谓各色各样，上面印着样式不同的图案。这时突然有一款设计别致的素色纸袋吸引了陆弥的眼球，纸袋做得太精美了，简洁的图案犹如一张请柬，其间有一行小字——唐宁书店。字迹之娴雅毫不张扬，仿佛等待的便是你不经意地注视，更加细心的是，纸袋还散发着一点点不为人察的幽香。

陆弥是个敏感的人，特别容易受到这类东西的感召，她想，在这个世界素不相识的人海里，竟然有人如此迎合她的审美与志趣，根本就是另一双灵巧的手做出了她心智里才有的东西。整理下去，唐宁书店的纸袋还不止一个，想必是子冲买书时带回来的。

家中收拾一新之后，陆弥突发奇想，不如到唐宁书店去逛一逛。

很早以前，看电影、看画展、逛书店是陆弥和子冲的共同爱好，现在看来，他们到底不如以前单纯了，尤其是自己，陆弥想，她都多久没进过书店了？

纸袋上面有书店的地址，很快就找到了。

唐宁书店坐落在闹市区的纵深之处，地段不错但又不易被发现，门面装修得古朴简单，有着难得一见的仿英风格。书店里是一排一排的书架、书案，各种各样的书摆放得条理分明，整个书店打扫得更是一尘不染。店员一律是年轻的男孩，白衬衣外面罩着沉色的围裙，书店里非常安静，店员说话也轻声轻气。陆弥刚一踏进书店，便喜欢上了这里。

陆弥从书架上取下一本书，翻着，不经意间，在书籍的空隙处，她看见书店靠后面的一个不大的空间，竟设有几张咖啡座。

桌椅是厚重的实木，西化的稳健、深色、贵族气派。

桌上盛开着鲜花，那一片上方的玻璃天窗，有自然光射进来，让人感到舒适、旷达，却又与世隔绝，自成一处静谧之所在。

更加奇怪的事情发生了，陆弥看见有一个绅士一般的男人坐在那里看书，他穿着休闲的布衬衣，头发蓬松随意，专注的神情令人怦然心动。而这个人不是别人，正是胡子冲。陆弥甚是纳闷，子冲一早说的是去公司加班，竟是跑到这里来看书，那么他为什么不愿意对他说实话呢？

正待陆弥百思不得其解之时，但见一个身材苗条的女子向子冲走来，这个女子穿一条黑色高领无袖的长裙，肌肤细致洁白，看得出她根本没有化妆，只点一点淡淡的朱唇，她的头发随意地在后面绾着，全然不用饰物。这样不刻意的装扮令她的气质绝非冷傲而是温文恬淡，甚至还有些家常。不仅男人着迷，一时间连陆弥都看得呆了，更让陆弥惊异的是，这个女子竟然是她过去的同学孙霁柔。

天哪，陆弥几乎叫了出来。

她多年没见孙霁柔了，想不到她美丽如初，也许是嫁给了祝延风这种阔佬的缘故，她的美丽中还渗有一份从容和淡定。想必她的这个书店不是用来赚钱糊口，而是谈谈情、解解闷的地方。

这时的孙霁柔端着一杯咖啡，轻放在子冲的桌上，子冲抬起头来，他们相互莞尔，仿佛认识了一百年。子冲示意霁柔坐下，霁柔便在他的对面坐下，两个人慢慢聊着，时而凝神，时而微笑，声音轻而又轻，完全不知道他们在讲什么。而子冲的脸上，出现的是少有的俊朗、惬意、如沐春风。

那一瞬间，陆弥的脑袋里一片空白，她突然觉得唐宁书店并不像她所见的那么好，那么能给人带来意外惊喜，至少有一种埋藏在温柔之乡的妖气在一点点撕咬着她的心。她几乎是下意识地放下了手中的书，仿佛做了亏心事一般逃离了书店。

她一路狂奔地回到家中，直到端坐在客厅的沙发上，仍旧气喘吁吁。

吃晚饭的时候，她听见门响和"我回来了"的声音。她随便摸过手边的报纸，机械地打开，她没有看子冲，说道："你加班回来了？"

"是啊。"子冲轻松答道，径自去了洗手间。

待他出来之后，便坐在空空如也的餐桌上，用手指嗒嗒嗒地敲了几下桌子，问道："今晚我们吃什么？"

"你还用吃饭吗？"后面的话陆弥没有说，她想说真是有爱饮水饱啊，你看你都快活成什么样子了。而这种难以掩饰的轻松和愉快深深地刺痛了陆弥的心。

子冲并没有注意到陆弥的不快，他拿起电话道："不如我们叫外卖吧，我想要一个烧鹅饭，你呢？"

陆弥走过去，平静地将电话挂断，她说："子冲，我想跟你谈一谈。"

"什么事？说吧。"子冲坐下来，看着陆弥说道。

陆弥沉默了片刻，道："你知道她是谁吗？"

"谁是谁？"子冲不解。

陆弥道："我知道你刚才在唐宁书店，你知道孙霁柔是谁吗？"

子冲毫无尴尬之色，道："你说的是老板娘吗？她好像是叫这个名字。"

"她是祝延风的老婆。"陆弥等待着子冲大惊失色，然而他只"哦"了一声，既听不出惊讶又好像有一点意外。

屋子里陡然安静下来，一时间两个人都没有说话。

这时的陆弥，突然热泪盈眶，她有些哽咽道："子冲，我们走到一起不容易，你要珍惜这份情感啊。"

子冲道："我没有珍惜这份情感吗？"

陆弥被他的一脸无辜激怒了，火道："你跟她到底怎么回事？"

子冲也火道："能是怎么回事？那是一个公众场合，你说我们能怎么回事？"

"既然你去那里，何必要说公司加班？"

"开始是在公司加班，加完班就去了那里，难道还要向你报告吗？"

"我看事情没那么简单。"

"陆弥，我看我们都不要把事情复杂化，你去跟祝延风吃饭，我又说什么了？！"

"你还不如说什么呢，你用这种方式对抗我，想过我的感受吗？！"

子冲的脸色终于沉下来，子冲说道："陆弥，我知道你很长一段时间心情不好，我不想惹你，但我也是有情绪的，在外面透透气，躲躲清闲，不算过分吧。"

"你有情绪为什么不能跟我说呢？"

"每个人都应该有自己的私人空间，如果必须窒息而死，那我宁肯不要爱情。"说完这话，子冲开门出去了。

这一次是子冲一夜未归。

陆弥也赌气不给他打电话，不问他人在哪里。但是陆弥在这个夜晚根本无法入眠，她想子冲说了那么重的、足以刺伤她的话，应该暴跳如雷的是否应该是她而不是子冲？何况她在唐宁书店看到的温馨时刻并不听她支配地一遍遍在她脑海中闪回，这是任何一个作为老婆的女人不能容忍的事。

子冲是第二天下班之后回来的，他看上去平静了一些，他们没有再为这件事情争吵，似乎维持表面的安宁比什么都重要。陆弥始知，其实越是心心相印的爱情便越是脆弱，原因很简单，谁愿意亲手毁了那一份失真的美丽?!

她再一次感觉到胸中被堵得满满的无处倾泻,每当这种时刻,她便直奔陆征那里而去,她对陆征诉说着心中的委屈,但是这一回,陆征却没有说话。

陆征始终保持着沉默,就仿佛他知道什么隐情似的。

于是陆弥几乎每天都来,她等待着陆征的关爱和劝导。终于有一天,她冒雨来到陆征墓地的时候,看见子冲撑着一把黑伞站在陆征的墓前。

子冲说道:"我见你每天神情恍惚得厉害,才发现你是来了这里。陆弥,陆征已经死了,这是你必须面对的现实,无论你有怎样的愁苦,到这里来都是无济于事的。你如果长期生活在这种情绪里,不仅对你,对我们都不好。"

陆弥淡然一笑道:"我还有什么地方可去吗?"

子冲突然扔掉了雨伞,他一把抱住陆弥泪如泉涌,嘴中念道:"陆弥,陆弥,你不要这样好吗?我真怕见到你这样。"

陆弥这时也紧紧地抱住子冲,她在他的耳边轻声说道:"子冲,你不知道我有多么爱你。"说这话的时候,她也同样泪如雨下。

子冲急道:"我怎么会不知道呢?我又怎么会辜负你呢?"

陆弥"哇"的一声哭了出来。

这时天边滚过惊雷,顷刻间便是大雨如注。子冲和陆弥在风雨中深吻，场面酷似一些文艺片中的开头或结尾。

从此以后，陆弥便再也不来惊扰哥哥，她想哥哥应该放心并安然入睡了。子冲说得没错，她必须面对斯人已逝的现实，还应面对家人至死不肯接受她的坚拒。事实上，在以前的岁月，子冲曾经瞒着陆弥去找过蓓蓓，他抱有孩子毕竟天真的幻想，期待着蓓蓓尚未泯灭的悲悯。但是蓓蓓根本不理他，蓓蓓说，是你和陆弥一块杀死了我爸爸，我恨你们。

蓓蓓仇视的目光像成人一样坚定，子冲的绝望便也来自这种不可改变的坚定。

陆弥知道，所有的这一切她都必须面对。经历了这么多事，如果她不能变得更加坚强和勇敢，便才是辜负了哥哥、子冲和自己。

在一个风和日丽的上午，陆弥碰巧闲散在家。由于文案中需要一句哲人的话她已经记不真实了，便翻找过去的笔记，陆弥一直有做笔记的习惯，她始终相信一句话：好记性不如烂笔头。

笔记本当然找到了，但也同时翻出了照相簿，于是陆弥坐在地上翻看这些旧照片，照片上有她的父亲、母亲，还有她的哥哥，渐渐又有了静文和蓓蓓，如烟的往事模糊了陆弥的双眼，令她难以相信的是她在一夜之间便孑然一身了。更令她奇怪的是除了哥哥之外的人无论对她怎样，她都不舍，不是爱，是深深的不舍。

这时门铃响了，陆弥起身去开门。

一个身穿绿色制服的邮差出现在门口，他说，是胡子冲家吗？陆弥说是，于是他递给陆弥一包东西，又让她在有关的表格上签了字。

陆弥打开纸包，是一摞印刷精美，各色各样的新书。新书是从唐宁书店寄出的，里面夹着一张便笺。大意是说子冲很久没去唐宁书店了，估计是公务缠身，所以特把他上次登记的尚未购进的新书寄给他，以免误事，并欢迎他再次光临唐宁书店。下面的署名是两个字：霁柔。

基本上都是闲书，有什么可误事的？

陆弥的内心十分不快，她把书和信都放在书房的桌子上，理智告诉她这个世界很平静，没有发生任何事。但不知为何，她还是刻意打扮了一番，出门去了唐宁书店。

书店里一如从前的安静，客人也不多，有学生打扮的人坐在地板草垫上翻阅图书，完全无视一门之外的所谓金钱、速度……给人今夕何夕之感。孙霁柔仍坐在咖啡座处，她今天穿了一身英国名牌的经典服饰，白衬衣和格短裙，硬挺的衣领随意地竖着，更显出她特有的柔媚，她戴了一串白色的珍珠，一看便知是极品货色，因为那一颗一颗的珠子在自然光下也不失晶莹。她的头发蓬松地梳着一条辫子，又是全无饰物只见它的质感柔顺。她正在看书，手边是一枚鸡翅木的书签，另有一个香熏暖炉,散发出淡淡的洋甘菊的香气。

陆弥不得不承认,来过这里的男人没有一个不晕菜的。

雾柔抬起头来,微笑道:"怎么是你?坐吧。"

陆弥坐下,有人送来一杯明前龙井。

雾柔又道:"好久不见,你还好吗?"

"还好,你呢?"

"……也还可以吧。"

"雾柔,我还是从前的脾气,我们就不要绕弯子了。我问你,你知不知道胡子冲是我的先生?"

"我当然知道,当年祝延风一掷千金为博你的芳心,却大败而归,一时间闹得满城风雨,人们自然最关心跟你结婚的人是谁。我只是对不上号,后来看了他的名片,才知道他便是大名鼎鼎的胡子冲。"

"既然是这样,我希望你离他远一点。"

"为什么?"

"我了解他,他根本抵挡不住你的魅力。"

"你真是过奖了,但是我必须更正你,他只是我的客人,唐宁书店是有许多熟客的。而且,"雾柔停顿了一下才道,"你的老公你自己喜欢,别人就未必。"

陆弥正色道:"你如果并不喜欢他,我倒是更担心了。"

"什么意思?你是不是想说我会利用他报复你?!"

陆弥无言,她把目光移向窗外。

雾柔也没有提高语气,照样平静道:"陆弥,你多虑了，不是每个人都会那样做。没错，我是曾经一直爱着祝延风，爱得十分辛苦，但我心甘情愿、无怨无悔，我又为什么要报复你呢？"

"曾经？难道你现在不爱他了吗？"

这一次是霁柔没有说话，微低下头去摆弄着手中的书签。

陆弥盯了霁柔好一会儿，不知该不该相信她。并且无论相信不相信，孙霁柔这个女人根本一眼望不到底。

陆弥决定告辞。

霁柔在她身后说道："陆弥，爱情所能承受的东西并不像你想象的那么多，如果你把它一股脑地堆在子冲头上，你最终会失去他的。"

陆弥没有回头，更没有说什么。

第二天是周末，子冲对陆弥说道："我想去一下唐宁书店，把买新书的钱结一下账。"

陆弥道："我已经付过钱了。"

"什么时候？"

"昨天收到书以后，我就去了唐宁书店。"

子冲"哦"了一声，不再说话。陆弥分明看出了他的不悦，便道："没有结账的事，你也一样可以去唐宁书店。"

她的话音未落，子冲已道："我不去了。"说完倒在沙发上翻一本杂志。

陆弥也不知为何心中会翻起天大的委屈，一个人去了厨房，一边削苹果一边掉眼泪。厨房的门正对着沙发，子冲火起道："你整天做出这副样子来给谁看？！"

削了一半的苹果被陆弥狠狠地摔在地上，她冲出厨房，再一次准备离家出走。

从沙发上弹起的子冲大声吼道："你走吧！到那个死鬼那里去吧！你这回走了以后就不要回来！我发誓再也不会去找你！"

这当然根本不可能阻挡住陆弥的冲动，她拉开了房门，像龙卷风一般几乎呼啸而去。然而也是在刹那间，子冲扑过去抱住了她，子冲一边使劲地摇晃陆弥一边咬牙切齿道："陆弥，我求求你了。你不要这样好不好？你原来不是这样的，你没有那么有心计，我喜欢你无忧无虑没心没肺的样子。"

陆弥再一次在子冲的怀里失声痛哭，为了控制自己的情绪，她下意识地用子冲的肩胛塞住自己的嘴巴，这使得她的哭声变成了撕心裂肺的呜咽，也许是用力过猛，咬得子冲钻心的痛，一时间五官都变了形。

七

按照陆弥的习惯，她是晚上躺在床上才会翻翻晚报的，这真是名副其实的晚报。这天晚上也是一样，子冲还在上网，陆弥觉得有点累了，便洗漱完毕躺在床上看晚报，无意间看到的一条新闻几乎令她呼地一下坐起来。

新闻在"社会新闻"版上，标题是拇指盖大小的黑体字:《悬红第四十八号通缉犯城西落网》,通缉犯的名字叫黄家明,非常居家男人的名字,男,一九六四年出生,身份证号码若干,家庭住址某街某巷某座。他不仅是一个有黑社会背景组织的头目、首犯,同时还犯有命案,潜逃了近三年。

报纸上登有黄家明的正面免冠照,他便是当时绑架陆弥并声称要给她打毒针的文气男人,他的样子,陆弥不可能记错。

对于黄家明的落网,陆弥的心情十分复杂,解恨之余又害怕这件事被子冲知晓。她在床上翻来覆去,想把这件事情告诉子冲,但同时她又缄默不语,因为她是生活中的罪犯,也有侥幸蒙混过关的心理。

大约是在三天之后的一个傍晚,陆弥回到家时,但见家中已经坐着两个穿警察制服的男人,子冲也在场,神情漠然。见到陆弥之后,有一个警察解释说,黄家明已经交待绑架陆弥一事,他们便来请她到警局去录口供。陆弥无话可说,只能跟着他们走,临行时她看了子冲一眼,而子冲看着窗外,并没有看她。

凌晨两点钟,陆弥从警局出来,看见子冲一个人坐在马路牙子上等她。她当时就觉得她会为子冲这个人去死。

在回家的路上,两个人谁都没说一句话。

接下来的几天,子冲对这件事仍旧不着一词。不过他人变得有些沉默寡言,下班回家的时间也越来越晚。

陆弥以为这种情况会随着时间的推移改观,但可惜没有。

陆弥开始跟踪子冲,她发现子冲下班之后如果不是和他单位的同事去喝酒吃饭的话,便是到唐宁书店去。这两个选择像钟摆一样,不可能出现第三个去向。

一天深夜,子冲又是喝得脚踩棉花云一般地回到家中,刚一进门,便冲到洗手间抱着美标牌坐便器大吐特吐,吐着吐着他看见眼前的呕吐物一圈一圈地旋转起来,他以为酒力大发开始了新一轮的天旋地转,后来发现是陆弥在他身边没有表情地按下了冲水把手,便十分气愤地瞪着她道:"真是过分。"

陆弥没有理他,又冲了一遍厕所,扭身就走。

子冲喊道:"你很过分,你知不知道?!"

陆弥忍不住转过身来气道:"你每天晚上喝成这样,你过不过分?!"

子冲毫不示弱道:"我喝成这样怎么了?我是一个男人我喝成这样怎么了?难道我没有钱连自由都不配有吗?!"

陆弥火道:"我什么时候嫌弃过你没钱?"

子冲席地而坐,上半身靠在坐便器上:"还用你嫌弃吗?我自己嫌弃自己还不行吗?"

陆弥走过去拉他起来:"子冲你不要这样,你干脆直接骂我一顿好不好?"

子冲道:"我为什么要骂你?我没有钱我干吗要

骂你？"

陆弥道："你别老是钱钱钱的，子冲，你有很多优点……"

"千万别提我那些狗屁优点，"子冲截断陆弥的话头，"没有钱便是最大的一种丑陋，越是帅气聪明的男人没有钱就越丑。陆弥，你身体力行，终于让我看到了自己的丑陋。"

陆弥由于拉不起子冲，便半跪在他身边，她流着眼泪劝道："子冲，是我不好，我错了，我既不应该那样去做，也不应该从一开始就瞒着你，我知道你一直在跟我赌气，可是我真的知错了，你能原谅我吗？你原谅我好吗？"

子冲什么话也没说，他靠在坐便器上睡着了。

战争风云就这样静静地笼罩在陆弥和子冲的头顶，而一直生活在人见人羡富贵乡的祝延风和孙霁柔又岂甘寂寞？他们开始了一场史无前例的高调离婚，把某些媒体的经济版搞得比娱乐版还要花哨。

祝延风对记者说，他一直十分感谢孙霁柔对他的一往情深，而就截止到现在，他跟孙霁柔也是和平分手，他们彼此不仅是老同学，还仍然是最亲密的朋友，并且他心甘情愿地分一半财产给孙霁柔。记者问祝延风是不是还想着那个曾经单恋过的女人，祝延风说那也不尽然，每个人都有年轻时的心结，这应该是不奇怪的。但他娶了孙霁柔之后，两人都曾竭尽全力经营这个家庭，可惜的是经营不善，原因是多方面的，不便细说，现在唯有放弃也不见得不是一条好的出路。

孙霁柔对记者说，她的确是心平气和地跟祝延风分手，目前已经有了意中人，但她一辈子不会再结婚了，原因是仅有一次的婚姻对她的伤害是无法用语言表达的，这种伤害不见得来自祝延风，但却来自她根本无法驾驭婚姻的无奈。对此她不怨恨任何人，只相信退一步海阔天空。

陆弥看了报纸之后十分激愤，她再一次来到唐宁书店。

这一天的孙霁柔约了几个闺中密友喝下午茶，所以咖啡桌上一反以往的素静，摆满了花色典雅的陶瓷茶具和精美茶点。

陆弥走到孙霁柔面前，说道："孙霁柔，你欺骗了我。"

在满座皆惊的情况下，孙霁柔道："我欺骗你什么了？"

陆弥厉声道："你说过你不喜欢子冲的。"

"我当然说过，我还要再说一遍，"孙霁柔不快道，"你自己的老公自己喜欢，别人就未必。"

"可是子冲每天到这儿来跟你约会，你以为我不知道吗？"

"陆弥，我承认我曾经嫉妒过你，我一直闹不明白为什么古典美人就不是假小子的对手。可是我现在可怜你，你觉得现在这样对待子冲还是爱吗？你不敢跟他一起面对生活中固有的风浪,自己又变得猜忌,多疑,可你越是想像毒蛇一样地缠住他他就会离你越远……"

"这些都是他对你说的吗?"

"是。"

陆弥没再说话,挥手之间便把一桌的瓷器和美点扫到地上,随着大珠小珠落玉盘的声响过后,唐宁书店变得死一样的寂静。

寂静的另一个原因是胡子冲不知何时出现在混战中的现场,他像看着陌生人一样看着陆弥。

陆弥疯了一般地冲出唐宁书店,疾走中被一直在后面追赶她的子冲拦住,子冲铁青着一张脸道:"你为什么要这么做?"

陆弥推开他道:"你不要跟我说话,我不会再相信你了,也不会再相信任何人。"

子冲一把抓住陆弥道:"你知道你在说什么做什么吗?我看你真是疯了。"

"我是疯了,但我是被你逼疯的。"

"没有人逼你,我们离婚吧。"说完这话,子冲头也不回地离去。

这一回陆弥没有哭,她表现出前所未有的冷静,终于说出来了,离婚,她想,这就是她付出巨大代价得到的爱情吗?!

陆弥一个人在大街上徜徉到很晚。

她回到家时,子冲坐在客厅里等她,子冲说道:"我什么也不要,离开的时候只会拿走自己换洗的衣服,反正我们公司也有集体宿舍。"

陆弥的脸上并没有特殊的表情,道:"我也什么都不要,我可以搬到工作室去住。"

"你何苦这样,房子的首期本来就是你付的。"

"供楼也花了你不少钱。"

"那就把房子卖了,钱平分,这总行了吧?"

"我什么也不要。"

"那就随便你吧,你说怎么办就怎么办。"子冲不耐烦地起身,他到书房的柜子里取出本来是给客人预备的一套被褥,他把它们铺在地上,躺下。

子冲眼望天花板冷笑道:"我还以为我们跟别人绝对不同,现在看起来,全他妈一样。"

绑架事件之后,白拒工作室又恢复了从前的琐碎和平静。

白拒对陆弥感慨道,一个人不管是捞偏门还是捞正门,总之只能赚到一份钱,吃通街就一定会出问题。然而谁的心中不期待着一次"抢钱"的机会呢?

陆弥没有说话,陆弥想,我们是抓住过机会,但是我们也付出了高昂的代价。

白拒说,我现在决定学普通人,庸庸碌碌地过一辈子。

这一天,某家金融杂志要求工作室给他们的一位来自美国华尔街的金融专家拍一组照片，将配合杂志上的文章备用。这个专家的名字叫杰尼佛，他这次到中国来是参加北京的一个重要会议，南下只停留一天，做一次高峰论坛的讲座，然后经香港回美国。总之他的时间安排得针插不进，水泼不进，所以照片只能在他下榻的五星级酒店时在极短的时间内完成。

杰尼佛是下午四点的飞机抵达。陆弥三点半钟已背着全部的照相器材在酒店的大堂等候。在时间观念上，白拒并没有陆弥准时。

陆弥一个人坐在金碧辉煌的酒店大厅里，尽管她的心情郁闷，但她告诫自己务必不要影响工作。这时她看见酒店的电梯间出来了若干客人，其中两个格外养眼的是一对郎才女貌的璧人，男的她不认识，但一眼便可断定是商务俊杰，而女的便是穿了一眼名牌却不显商业恶俗的美女亦菲。

他们两个人十指相扣地从电梯间走出，脸上是蜜一般的幸福。

这时男的要到服务台去交待点事，剩下亦菲一个人作片刻的等待。利用这个机会，陆弥走过去拍了她一下。

亦菲的脸上划过似有还无的些许难堪，但还是跟陆弥握了握手。陆弥冲着服务台努努嘴道："他是谁？"

亦菲略显娇羞道："那你就别问了。"

陆弥正色道："亦菲，我觉得你不应该这样对待白拒，这样对他不公平。"

"世界上本来就没有绝对的公平。"

"你知道他为你付出了多少心血吗？"

"难道我没有付出吗？"亦菲有些激动道，"我付出的只比他更彻底。白拒的问题根本就不是付出了多少，而是他贪得无厌，他以为他是谁？"

"那你也应该跟他说清楚，了断清楚，这么吊着他算怎么回事？"

"他一根筋，我有什么办法。"

陆弥还想说什么，但那个男的已经从服务台走过来了。

他们走后不久，白拒就赶来了。陆弥一直吃不准该不该把亦菲的事告诉白拒，正在发呆的时候，白拒道："你在想什么呢？"

"没想什么。"

"又跟子冲出问题了吧？"

陆弥故作轻松道："我们能有什么问题？你觉得我们会有问题吗？"

白拒不再看着陆弥的眼睛："别装了，陆弥，我知道你们之间出现了问题，你看你都变成什么样子了，黑眼圈，形销骨立，脸色发青都快成了国防绿……"

陆弥拼命克制自己，不让眼泪流出来。

白拒道："你这又是何苦？……公平地说，胡子冲也没有什么不好，可是你们的相爱导致相克。不瞒你说，我背着你去批了你们俩的八字，你猜算命先生怎么说？"

陆弥的脸色异常严峻道："怎么说？"

白拒道："说出来你不一定受得了。"

陆弥漠然道："我还有什么受不了的。"

白拒道："那我就告诉你吧，他的原话是，这两个人的八字是哥们儿嘛，怎么能做夫妻？"说完这话，他忍不住笑了起来。

陆弥也笑了，直笑得眼泪水喷溅出来。

这时白拒的手机响了，接待单位说杰尼佛乘坐的飞机晚点，所有的人都在等待。于是白拒和陆弥继续等，直等到将近七点钟，白拒对陆弥说，晚上还要给一台晚会拍演出照，他决定兵分两路，陆弥在这儿坚守，他直接赶去剧院。

杰尼佛是晚上九点钟踏进酒店大堂的。

令陆弥颇感意外的是她不但是一位女性，同时还是华裔，她五十多岁的年龄，看上去和蔼可亲，还穿了一套中式的衣服。

来到为杰尼佛预定的套房之后，接待人员便离去了。杰尼佛说了好几遍抱歉之后才问陆弥道："为什么你的表情好像等待的不是我？"

陆弥笑道："我还以为是一位男士呢。"

"珍妮芙，这是男人的名字吗？"

陆弥一愣，又笑起来："对不起，是我搞错了。"

珍妮芙说道："没关系，我们开始拍照吧。"

"你不用化一点淡妆吗？"

"不用。"

"那我就用柔光镜吧,那样皱纹会显得浅一些。"

"不不不,千万不要搞成雾里看花,也不能没有皱纹,我觉得我的魅力全部都在皱纹里。"她说得诚恳,并且肯定。

陆弥轻松下来,她一下子就喜欢上珍妮芙了。

珍妮芙笑道:"别紧张,不用拍得太美,我又不是戴安娜。"

照片很快就拍完了,珍妮芙邀请陆弥一块到中餐厅吃晚饭,陆弥莞尔道:"我知道我应该做的是拒绝,可是你实在太吸引我了。"

吃晚饭的时候,她们已经成为一见如故的朋友。

"珍妮芙,作为一个女人,你真的那么不惧怕年龄吗?"

"我没有觉得年轻时碰到的难题比现在少,再说人都是要变老的,为什么不超越它?"

"我能冒昧地问一下您的家庭生活幸福吗?"

"我结过两次婚,但嫁的是同一个男人,你想想我们之间的矛盾到达了怎样一个不可调和的程度,不过还好,噩梦一般的日子总算过去了,他其实就是我最想要的那种男人。"

陆弥没有说话,她像品味佳肴一样品味着珍妮芙的话。

珍妮芙像母亲一样注视着陆弥,说道:"不要把心剖给男人，因为男人需要的不是心而是面子。"

陆弥离开酒店的时候已经是星光灿烂，她的心情似乎是豁然开朗了，她想，人生真是太奇妙了，你根本不知道什么人会在什么时候出现，他们像流星一般划过你心中的黑夜，但同时又成为拯救你的上帝。

八

第二天是周末，晚餐时陆弥做了一桌子的菜。当然，子冲并没有回来吃，他们事先也并没有约好，等到子冲回来时天色已晚。子冲看见好几个菜都是他最爱吃的，眼中闪过一丝愧疚。

陆弥说道："子冲，我们谈一谈好吗？"

子冲一屁股坐在客厅的沙发上，道："谈吧。"

陆弥说道，她反思了自己在结婚之后的心路历程，哥哥死了，自己又被家庭抛弃，于是视子冲为手中的最后一根稻草，死死抓住却完全不顾对方的感受……与此同时，她还做了许多不应该做的事，不仅有悖于道德和我们一贯遵循的做人原则，还酿成了大祸……所有这一切都让她感到不安和自责……

这时子冲打断陆弥的话，说道："所有这一切只能说明我的无能。"

"子冲，我不是这个意思。"

"我不管你是什么意思，反正我已经深刻地感觉到我们在一起不合适，这是生命中难以承受之重。也许是天意难违吧……好在祝延风现在又恢复了自由身,你还要他付出怎样的代价才能娶到你?"

"胡子冲,说这种话你不如直接在我的心窝踹一脚,你觉得我受得住这种话吗?"

"这话是不好听,但是是实话。女人总是要证明给别人看,可是我不用,我愿意成全你,哪怕是千夫所指。"

"你为什么要这么做?是因为她吗?"

"我跟她什么事也没有,我去唐宁书店无非那里是我最后的一个活动空间。完全不像你想象的那样。"

"你不是需要男人气概吗?至少应该敢作敢当,更不应该反过来逼我!"

"我根本没有逼你,是你自己在跟自己较劲。"

"对她说那么贴心的话,不是爱又是什么?"

"那是你高估我了,我的爱已经耗尽,我现在最讨厌的就是爱情这两个字。"说完这话,子冲起身去了书房。

独自在客厅里坐了一会儿的陆弥,她起身来到厨房,拿出一只垃圾桶,她把餐桌上的菜全部原装地倒进垃圾桶内。她想,爱情之丰盛也要有领情的人去品尝、回味,否则的话,便是一堆垃圾。

她同时想起珍妮芙,想起这个在一分钟之内便可以叫同类爱上她的人,她不是上帝,也救不了她和子冲。子冲他已经爱上了别人,他爱上别人了,爱上别人的男人就像中邪和失忆一样,完全不记得曾经经历过什么。这件事已经变得十分荒诞,荒诞得叫人难以置信。陆弥随即又想起白拒的话，事实上是算命先生的话，他们是哥们儿，怎么可能是夫妻呢？她哑然失笑，在笑的时候泪流满面。

半夜时分，子冲一觉醒来，突然发现有两只水晶灯一般的眼睛在死死地盯着他，他吓了一跳，下意识地去摸台灯的开关。

"别开灯，"陆弥小声说道，"……你就给我留一点面子吧。"

子冲甚是奇怪，难道在灯光下说话就没有面子了？

两个人在黑暗中坐了一会儿，陆弥说道："子冲，我们不要分开好吗？你知道的，我已经什么都没有了，我没有亲人……"

"我们能不能不说这个？"子冲耳语般轻轻说道，"这已然是我背负的最沉重的十字架，我没有怨你的意思，但客观上就是这么回事。"

陆弥柔声道："那好，那我们就不提这个……我保证以后再也不管你去哪里了好吗？就算你不回来过夜我也绝不怪你……"

子冲一把抱住陆弥，心疼道："你知道你在说什么吗？陆弥啊，我再不离开的话你就真的完了，你是怎么掉进这个无底深渊的……"

陆弥大力地推开子冲："我决不会离开你的，子冲你记住，我决不。"

子冲急道："陆弥，就算要挽救我们的婚姻，我们也只能暂时分开，我现在的脑袋都要爆炸了……如果我们彼此能冷静下来，好好想想各自的问题，说不定……"

"你又在骗我！"陆弥厉声说道，"分开是为了和好，这话有人相信吗？这话你自己相信吗？这个主意是不是她给你出的？！"

"不可理喻。"子冲重新倒在地铺上，用被子蒙住了头。

子冲根本无法相信，陆弥会变成今天这个样子，她还是那个在他心目中纯洁如美玉的陆弥吗？那个有才华、有性情，有点像愣小子一样的女孩吗？爱情到底是琼浆还是毒药，为什么所到之处寸草不生？为什么对于爱情，你奉献的越多得到的就越少，难道他跟陆弥的感情还不真切吗？为什么真真切切换来的却是水火不容？

子冲并不知道陆弥是什么时候离开的，他只听见陆弥咕嘟了一句，好吧，一切都该结束了。

不知过了多久，子冲坐了起来，他仍旧没有开灯，但已睡意全无。在渐渐冷静下来之后，他想起他与陆弥共同经历过的挫折与风浪，想到陆弥这样一个好强的女孩屈尊到要借助黑暗对他讲那样的话，无论他能否接受这毕竟是爱。子冲的心里难过极了，眼泪不知不觉夺眶而出，为陆弥，也为自己——没有钱，难道连爱的能力都丧失了吗？难道他真的爱面子胜过爱陆弥吗？

第二天下班之后，子冲既没有去跟同事喝酒，也没有去唐宁书店，其实唐宁书店只是他生活迅速沙漠化之后的一块绿洲，他生性好静，对劲歌劲舞兴趣不大，即便是在公司，他周围的同事每天谈论的也是房子、车子，到马尔代夫旅游成为一种时髦。

而对于子冲来说，他也渴望过上体面的生活，他跟陆弥在一起过日子一样是精打细算的，可是他的骨子里，并不认可那种无止境的物质化追求，所以书永远都是他的朋友，当然他也必须承认，在这个城市里，书店多了去了，而唐宁书店是唯一吸引他的地方，不管是环境还是氛围，座椅的舒适，咖啡的浓香，包括孙霁柔温婉的举止和微笑，这一切的一切都让他流连忘返。

可以说唐宁书店是他的梦幻世界，理想王国。

甚至，子冲也怀疑过，是否一个男人就只能喜欢一个女人，哪怕你们历尽艰辛，跋山涉水才修成正果，你就绝对或必须目不斜视吗？

生活还在继续，生活中还有浪花和惊喜，或者说还有惊艳，感情的最高境界当然不是忘却苦难，但却能够放下苦难和载重，可惜的是陆弥做不到，而他也没有资格要求陆弥做到。也许这才是他们真正的分歧所在吧。

子冲回到家中，沿路经过花店时买了一束淡雅的百合配勿忘我，同时还买了一瓶日本清酒，他想，陆弥可能已经把饭做好了，他这样做便可以改变一下沉闷的气氛，无论发生了什么事，剑拔弩张都不是解决问题的好办法。

家里没有人，但收拾得很干净。子冲把花放进了花瓶并淋上水。

这时他才发现，他的一件黑大衣用衣架撑着挂在客厅衣帽钩上，还不是季节，他的大衣为什么挂在这里？他走过去仔细一摸，原来呢大衣的前摆和后背已经被剪成若干条。他记起这件大衣是陆弥买给他的生日礼物，为了付出这笔对他们来说有些昂贵的计划外开销——大衣有一半的成分是羊绒的，所以并不便宜，陆弥为此存钱存了大半年。

男人对这种非理性的行为总是深恶痛绝，子冲也不例外，他气得几乎背过气去。

他想，他跟陆弥是真的完了。

几天之后的一个夜晚，月黑风高。大约是在凌晨四点钟，白拒租住的公寓门铃骤响，好在放出的音乐是《纺棉花》，便显得不那么惊扰。自从成立工作室以后，白拒虽未成家，但早已从家中搬出，在工作室的附近租房住。

白拒打开门，但见一头撞进来的陆弥浑身是血，白拒"啊"地叫了一声。

他急切地问道："怎么回事？是不是遇到打劫？"

"不是。"

"是你不小心在哪儿摔的吗？"

陆弥照例摇了摇头。

白拒急道:"那你倒是快说呀,怎么会搞成这样?!"

陆弥看了白拒一会儿,平静道:"我用锤子在子冲的头上敲了个洞……"

白拒惊道:"天哪!你疯了吗?!"

陆弥冷冷地回道:"他如果不能跟我在一起,那就谁都别想得到他。"

白拒刚要说话,他身后卧室的门突然开了,一个身穿真丝绣花睡裙的女人冲到陆弥面前,她一字一句地对她说道:"陆弥,拜托你醒醒吧,跟你争夺胡子冲的人就是你自己。"

陆弥抬起头来,她简直不相信自己的眼睛,站在她面前的这个睡美人,竟然是孙霁柔。她不解地对白拒说道:"你们到底是怎么回事?"

白拒更加不解道:"一男一女住在一个房间里,你说是怎么回事?"

陆弥更加惊奇道:"你不是跟亦菲在一起吗?"

白拒道:"我什么时候跟她在一起了?!我跟她只有照片价格分账的问题,这件事可能还要对簿公堂……"

直到这一场危机过去,陆弥才知道,亦菲和白拒之间的矛盾是亦菲觉得既然在拍照时白拒的眼球大吃冰激凌,他在收费和提成的问题上就应该有所让步,但白拒跟她的看法不一样,白拒认为全脱露点并不是他的要求,而是提高照片商业价值的手段,这跟收费是两回事。白拒还坚称他给亦菲拍照时并没有任何生理反应,叫他让利就更加不合理了。由于两个人都要面子，不愿把这事公开，但私了来私了去还是步步升级，最终闹到了法庭上。

用白拒的话评价亦菲，他说她的人生是经过精算师精算出来的。不过，也没有什么不好。他补充说道。

至于白拒是怎么认识孙霁柔的？说出来并不浪漫，那是有一次，白拒要买一本关于摄影方面的专业书籍，是一个老外写的，在这方面白拒十分的崇洋媚外，但苦寻不着，后来有同行告诉他可到唐宁书店去看看，即便是没有也可预订。白拒去了唐宁书店便碰上孙霁柔，当即惊为天人，更欣赏她不食人间烟火的气质，完全不记得有买书这件事。从此之后便开始苦追孙霁柔。

他的表现非常直白，他说，霁柔，天雷勾动地火，你把我电到了，我多少天食不甘味，我们是注定要在一起的。

一开始孙霁柔觉得白拒甚是可笑，她毫不动心道，我们俩根本不合适，我是有先生的，而且我的家庭生活幸福美满。不过白拒也并非没有动人之处，霁柔绝少见到这样的男人，他完全不是靠来买书订书之类的借口从而完成自己的醉翁之意。这么直接表达感情的人现在恐怕已经绝迹了。她甚至还问了白拒是为了什么书而来？白拒的回答是你不要跟我谈书好不好？我不买书，我是为你而来。

白拒是那种情感上毫无屏障的人，不爱就是不爱，爱也绝对不给自己留后路。他的这一点倒是很让孙霁柔感动。

但是孙霁柔真的是很爱祝延风的，这种从幼时培养起来的爱已经成为她生命中的一部分。在祝延风为了陆弥闹了那么一大场之后，陆弥并没有选择他，在这样的情况下，霁柔发现自己仍旧不想离开，这不是爱又是什么？也许十个人里有十一个人会说，她不过是贪财罢了，可是谁不贪财呢？谁又会嫌自己心爱的人钱多呢？

自她和祝延风结婚之后，应该说他们有过一段正常的家庭生活，可惜太短暂了，短暂得令孙霁柔记忆模糊。很快，她便感觉到祝延风对现有生活的倦怠，他倒也不是花天酒地，而是把工作安排得满满的，即便不工作的时候也要前呼后拥，他身边总得有人，而且不止一个人，否则他就不自在。

也就是在这样的情况下，孙霁柔决定搞一个书店，她必须建立自己的活动空间，否则的话，她觉得她跟祝延风都会窒息而死。

如果后来不发生什么意外的话，孙霁柔是不会对祝延风彻底失望的。

那是一个夏季的午后，天气闷热而潮湿。有一个女孩到唐宁书店来找孙霁柔，霁柔见过这个女孩，她是祝延风公司产品推广部的首席营业代表，据说曾经是某高校的高材生，十分有才华，颇受祝延风的赏识和器重。这个女孩子戴着一副眼镜，长得并不漂亮，但可能是热爱户外活动的缘故，看上去身材匀称、结实，包括她的胸脯鼓鼓的，紧紧的，整个人像要从衣服里喷薄而出。注意，她不是性感，而是有力量。

不过这样的女孩，放眼望去，不夸张地说公司应有尽有。

女孩对霁柔说，她准备离开公司。霁柔说道，那你应该去找部门经理，他会向董事会报告的。女孩说我当然知晓公司的用人程序，但是我有一件事必须告诉你。

霁柔问她什么事？她非常镇定地告诉霁柔，前段时间公司到某度假村开嘉年华会，一天晚上，祝延风可能喝多了一点酒，便打电话叫她到他的房间去，她没有多想就去了，后来便和祝延风发生了那样的事。女孩说她并不是没有拒绝，但在当时的情况下好像也没办法控制住局面。而在这之后他发现祝延风只是随心所欲而已，根本谈不上爱她，即便以后再发生这种事，也不过是祝延风的一个流动厕所，再说她在内地有男朋友，所以她决定离开公司，回到内地去结婚生子过日子。

这件事让孙霁柔目瞪口呆，但她一点都不怀疑它的真实性。

霁柔对女孩说，我明白了，你是想叫我跟你有一个了结。女孩说是的，这种事她也不想跟老板撕破面子，但也不能就这么算了吧。

霁柔说你想要多少钱？

女孩说一万块可以吗？会不会太多？

霁柔给女孩开了一张十万元的支票，第一她觉得她直接、不虚伪，也没有借题发挥的意思。第二她认为她有文化，看问题透彻，看来女孩子必须上大学以便明事理。她对女孩说，多出来的九万块钱是你永远不要把这件事说出去的费用。

女孩子走了以后，孙霁柔除了伤心之外便是蚀骨的心寒，她想，祝延风居然宁肯随便去搞一个女孩子，都不愿意和她在一起，也就是说祝延风对她的生理冲动都已经消失了，这对她的打击实在是太大了。男人或许会说这是另一种方式的尊重，但对于女人来说这种冷若冰霜的尊重要不要都罢了，真情与假意只不过是人为的区分而已，其实有什么区别呢？在达到高潮的那几秒钟假意也变成真情了吧？不过是有心或者无意善后的问题。只是，如果她还愿意维持这种质地的婚姻，那她算什么呢？她还能保持住她的那一份美丽吗？

于是，孙霁柔向祝延风提出了离婚。她没有讲那个女孩的事，她只是说给别人一条出路便是给自己一条出路。

祝延风感慨道，霁柔，还是你最了解我，我这个人一辈子，最讨厌的就是女人为我忍辱负重。守，那就更不必了，我也不会为任何人守。

真的。

他们正式分居了。

在情绪落入低谷以后，霁柔内心的天平便向白拒倾斜，想到爱一个人的辛苦，为什么不愿享受被人爱的温暖？在冰与火的选择中，为什么一定要选择冰？不见得那样做就更高贵一些吧。在这样的情况下，霁柔接受了白拒，只是她知道，她永远都不会结婚了，这是因为婚姻带给她的憧憬和伤害是并驾齐驱的，在她看来，婚姻何止是爱情的坟墓，简直就是人类的坟墓。

这便是孙霁柔和白拒的爱情简史，只是当时，也就是那个月黑风高的夜晚，陆弥并不知道已经发生了的故事。

她当时浑身是血地站在白拒的家中，直到霁柔的出现，才让一直失神发怔的陆弥突然间脸色苍白。

她夺门而出。

其实，事情发生的时候，陆弥并没有太多的思想斗争，她至今也回忆不出她为什么会那么冷静地到工具箱里找锤子，然后提着它毫不迟疑地来到书房，子冲侧卧着，熟睡如婴孩，她想都没想便对着他的太阳穴砸下去，像砸核桃那样。

这天的夜晚，子冲照例很晚回家，当他推开家门的时候倍感惊异，只见客厅里满地的烛光，随着他带进来的一阵风，它们便集体摇曳晃动，看上去十分梦幻。

烛光的间隙之间是干枯的秋叶。

陆弥果然是制造氛围的高手，她坐在烛光深处，白衣胜雪。

子冲忍不住问道:"今天是什么特殊的日子吗?"

"我说过,我们在一起的日子,每一天都很有意义。"

"那今天的意义是什么?"

"马上就会变得特殊了。"

"什么意思?"

"子冲,我们俩好好地过一夜,然后你就走吧。"

陆弥说这话的时候,似乎是深情款款,但她竭力掩饰的却是一种视死如归的坦然。子冲只觉得全身寒气逼人,终于,他在门后的墙角,发现了一小桶汽油。

子冲不禁大惊失色,吼道:"陆弥,你能不能停止这种愚蠢的行为?"

陆弥头都没抬道:"我怎么结束自己那是我个人的事,否则我会一把火把唐宁书店烧掉,你信不信?"说完这句话,她冷冷地看了子冲一眼。

"我信,我当然相信,你去呀,你去当纵火犯啊。烧完别人,再烧自己,我也跟你一块死你满意了吧?!"

"胡子冲,你能不能不要逼我?!"陆弥歇斯底里一般地喊起来,"你为什么就不能向我承诺一句,你再也不到唐宁书店去了?"

"我绝对不会做出这种承诺,因为我是你的爱人,不是你的囚徒。"

"那好,那我们就一块死。"

"陆弥,我不会比你更怕死,只是你为什么就不明白，爱情所要经受的考验不是生死而是生活。"

此时的陆弥根本听不进任何一句劝说，哪怕是珍妮芙在场，也难以动摇她实现凤凰涅槃的决定。她想，出路，出路，胡子冲的身后全是出路，他可以活得自由，浪漫，而且以往，子冲永远是会理解她的，其中也包括原谅她所犯的错误，他在她眼里是最善解人意的丈夫。可是她现在完全变了，变得铁石心肠，如果他心里没有别人，怎可能看着她如此痛苦却毫不动心？

可是她呢？在感情的战场上，从一开始她就是勇往直前的战士。这就是他们的不同，也是阻挡在他们之间的高山深壑。

为了防止意外，子冲毫不犹豫地把那瓶汽油倒在抽水马桶里，冲掉了。

直到深夜，直到所有的烛光熄灭，子冲才回到书房里去安睡。于是，惨案便在下半夜发生了。

胡子冲的确流了很多血，他死了没有？如果他死了，陆弥便沦为杀人犯，那么故事的开头应该是在某女子监狱的监仓里，身穿囚衣的陆弥独自一人望着窗外的灰色高墙，她的目光迷茫而黯然，属于她的那一场轰轰烈烈的爱情终于变成午夜梦回，而现代社会给她预备的结局不是化蝶而是情殇。相比之下，生死相随早已算不上什么悲剧或传奇了吧。

如果子冲没有死，那他就是被及时送到了医院，结果保住了性命。那么，有关他与陆弥的结局，或者抱头痛哭，或者形同陌路，或者在无尽的恩恩怨怨中纠缠下去，都是有可能繁衍出来的。

然而，这一切都已经不重要了。重要的是人类不灭，爱情不死，不死的原因并不在于爱情曾经照亮了我们的生活，而是对于人类而言，它根本就是无法驱赶的心魔。